U0651817

# 温柔就是能够对抗
# 世间所有的　　坚硬

毕淑敏
作品

Only

Gentleness Could Resist

the Whole World

CTS
PUBLISHING & MEDIA
中南出版传媒集团

湖南文艺出版社
HUNAN LITERATURE AND ART PUBLISHING HOUSE

博集天卷
CS-BOOKY

温柔就是
能够对抗世间所有的坚硬

# 温柔就是
# 能够对抗世间所有的坚硬

圣雄甘地说过："用温柔的方式也可以震撼整个世界。"

原子弹可以震撼世界，山崩地裂可以震撼世界，但是温柔——可以吗？很难吧？

并不是做不到。

地球上，最广大的存在是什么呢？是水。海水占了地表面积的71%，除了海水之外，陆地上也有水。所以加在一起，它们比71%还要多。

水深流慢，风动山静。一滴水，多么柔弱啊。它没有形状，没有硬度，甚至连自己的姿态也维持不住，放入锅碗瓢盆，马上就悄无声息地依从了容器的限制，要方就方，要扁就扁，毫无个性的模样。

然而水的力量，谁敢小觑？它们雕刻了山峦，凿通了石壁，溶解了无数矿物，摧枯拉朽地一泻千

里，裹挟万物。有道是水火无情，不起眼的水居然排在了万丈烈焰的前面，可见它爆发的力度。

当它不准备发功的时候，安静而温和。它慈悲柔软地轻轻流过，灌溉大地濡养生灵，没有一丝居功自傲的模样。它遇到不平的时候，会发出铿锵有力的声响，决不忍让和退缩。它的每一朵浪花中，都藏有自己的目标。无论怎样粉身碎骨，盘绕多少曲折，总是坚定地向着远方奔涌，从不懈怠。

水教会人们，不要迂回还当作怯懦。不要紧抓着毫不妥协的感觉自我沉醉，真正的勇敢是富于弹性。允许那些必要的弯曲，比如长江的天下第一湾和黄河的大拐弯，都不曾影响了它们滔滔东去入海。

水可成为我们意志的向导，只要稳定向前，温柔便可对抗所有的坚硬，便可越过障碍，复归安宁。

目录
Contents

毕淑敏
文集

文集 / 毕淑敏

温柔就是

能够对抗世间所有的坚硬

# 从6岁开始

毕淑敏文集〈一〉

　　和北京一所中学的女生座谈。席间，一个女孩子很神秘地问："您是作家，能告诉我们强暴究竟是怎么一回事吗？"

　　她说完这话，眼巴巴地看着我。她的同学，另外五六位花季少女，同样眼巴巴地看着我，说："我们没来之前，在教室里就悄悄商量好了，我们想问问您，这究竟是怎么一回事？"

　　我微笑着反问她们："你们为什么想知道这个词的意思？"

　　女孩子们七嘴八舌地说："随着我们的年纪渐渐长大，家长啊老师啊，都不停地说：'你们要小心啊，要保护好自己的身体，千万不要出什么意外。'在电影里、小说里，也常常有这样的故事，

一个女孩子被人强暴了，然后她就不想活下去了，非常痛苦。总之，强暴是一件非常可怕的事情。但是，没有人把这件事同我们说清楚。我们很想知道，又不好意思问。今天，我们一起来，就是想问问您这件事。请您不要把我们当成坏女孩。"

　　我说："谢谢你们对我的信任。我绝不会把你们当成坏女孩。正相反，我觉得你们是好女孩，不但是好女孩，还是聪明的女孩。因为这样一个和你们休戚相关的问题，你们不明白，就要把它问清楚，这就是科学的态度。如果不问，稀里糊涂的，尽管有很多人告诫你们要注意，可是你们根本就不知道那是怎么一回事的时候，从何谈起注意的事项呢？好吧，在我谈出自己对强暴这个词的解释之前，我想知道你们对它的了解到底有多少。"

女孩子们互相看了看，彼此用眼神鼓励着，说起来。

一个说，它肯定是在夜里发生的事。

第二个说，发生的时候周围会很黑。

第三个说，很可能是在胡同的拐角处发生。

第四个说，有一个男人，很凶的样子，可脸是看不清的。

第五个说，他会用暴力，把我打晕……

说到这里，大家安静下来，或者更准确地说，一种隐隐的恐怖笼罩了她们。我说："还有什么呢？"

女孩子们齐声说："都晕过去了，还有什么呢？没有了。所有的小说和电影到了这里，就没有了。"

我说："好吧，就算你晕过去了，可是只要你没有死掉，你就会活过来。那时，又会怎样？"

女孩子们说："等醒来的时候，已经是在医院里了，有洁白的床单，有医生和护士，还有滴滴答答的吊瓶。"

我说："就这些了？"

女孩子们说："就这些了。这就是我们对于强暴一词的所有理解。"

我说："我还想再问一下，对那个看不清面目的男人，你们还有什么想法？"

女孩子们说："他是一个民工的模样。穿得破

破烂烂的，很脏，年纪三十多岁。"

我说："孩子们，你们对这个词的理解，还远不够全面。发生强暴的地点，不仅仅是在胡同的拐弯处，有可能在任何地方。比如公园，比如郊外。甚至可以在学校甚至你邻居的家，最可怕的，是可能在你自己的家里。强暴者，不但可能是一个青年或中年的陌生人，比如民工，也有可能是你的熟人、亲戚甚至师长，在最极端的情况下，也可能是你的亲人。强暴的本身含义，是有人违反你的意志，用暴力强迫你同他发生性关系，这是非常危险的事件。强暴发生之时和之后，你并非一定晕过去，你可能很清醒，你要尽最大可能把他对你的伤害减少，保全生命，你还要在尽可能的情况下，记住罪犯的特征……"

女孩子们听得聚精会神，可把我紧张得够呛。因为题目猝不及防，我对自己的回答毫无把握。我不知道自己解释得对不对、分寸感好不好，心中忐忑不安。

后来，我同该中学的校长说，我很希望校方能请一位这方面的专家，同女孩子们好好谈一谈，不是讲课，那样太呆板了。要用生动活泼的形式，教给女孩子们必要的知识。使她们既不人人自危、草木皆兵，也不是稀里糊涂、一片懵懂。

我记得校长很认真地听取了我的意见，然后，

不动声色地看了我半天。闹得我有点儿发毛，怀疑自己是不是说得很愚蠢或有越俎代庖的嫌疑。

停顿了一会儿之后，校长一字一句地说："您以为我们不想找到这样的老师吗？我们想，太想了。可是，我们找不到。因为这个题目很难讲，特别是讲得分寸适当，更是难上加难。如果毕老师能够接受我们的邀请，为我们的孩子们讲这样的一课，我这个当校长的就太高兴、太感谢了。"

我慌得两只手一起摇晃着说："不行不行。我讲不了！"

后来，这件事就不了了之。

在美国纽约访问。走进华尔街一座豪华的建筑，机构名称叫"做女孩"。身穿美丽的粉红色中国丝绸的珍斯坦夫人接待了我们。她颈上围着一条同样美丽的扎染头巾。她说："我们这个机构是专门为女孩子的教育而设立的。因为据我们的研究报告证实，在女孩子中间，自卑的比例是百分之百。"

我说："百分之百？这个数字真令人震惊。都自卑？连一个例外都没有吗？"

珍斯坦夫人说："是的，是这样的。这不是她们的过错，是社会文化和舆论造成的。所以，我们要向女孩子们进行教育，让她们意识到自己的价值。"

在简单的介绍之后，她很快步入正题，晃着金

色的头发说，对女孩子的性教育，要从6岁开始。

我吃了一惊："6岁？是不是太小啦？我们的孩子在这个年纪，只会玩橡皮泥，如何张口同她们谈神秘的性？"

还没等我把心中的疑问吐出口，珍斯坦夫人说："6岁是一个界限。在这个年龄的孩子，还不知性为何物，除了好奇，并不觉得羞涩。她们是纯洁和宁静的，可以坦然地接受有关性的启蒙。错过了，如同橡树错过了春天，要花很大的气力弥补，或许终生也补不起来。"

我点头，频频地，觉得她说得很有道理。但是，究竟怎样同一双双瞳仁如蝌蚪般清澈的目光，用她们能听得懂的语言谈性？我不知道。我说："东方人讲究含蓄，使我们在这个话题上会遇到更多的挑战和困难。不知道你们在实施女性早期性教育方面，有哪些成功的经验抑或奇思妙想？"

珍斯坦夫人说："我们除了课本之外，还有一个神奇的布娃娃。女孩子看到这个娃娃之后，就明白了自己的身体。"

我说："可否让我认识一下这个神通广大的娃娃？"

珍斯坦夫人笑了，说："我不能将这个娃娃送给你，她的售价是80美元。"

我飞快地心算，觉得自己虽不饱满的钱包还能挤出把这个负有使命的娃娃领回家的路费。我说："能否卖给我一个娃娃？我的国家需要她。"

珍斯坦夫人说："我看出了你的诚意，我很想把娃娃卖给你。可是，我不能。因为这是我们的知识产权。你不可以仅仅用金钱就得到这个娃娃，你需要出资参加我们的培训，得到相关的证书和执照，才有资格带走这个娃娃。"

她说得很坚决，遍体的丝绸都随着语调的起伏簌簌作响。

我明白她说的意思，可是我还不死心。我说："我既然不能买也不能看到这个娃娃，那我可不可以得到她的一张照片？"

珍斯坦夫人迟疑了一下，说："好的。我可以给你一张复印件。"

那是一张模糊的图片。有很多女孩子围在一起，戴着口罩（我无端地认定那口罩是蓝色的，可能是在黑白的图片上，它的色泽是一种浅淡的中庸）。她们的眼睛探究地睁得很大，如同嗷嗷待哺的小猫头鹰。头部全都俯向一张手术台样的桌子，桌子上是千呼万唤始出来的布娃娃——她和真人一般大，躺着，神色温和而坦然。她穿着很时尚华美的衣服，发型也是流行和精致的。总之，她是一个和围观她的女孩一般年纪、一般打扮，能够使她们产生高度认同感的布娃娃。老实说，称她"布娃娃"也不是很贴切。从她颇有光泽的脸庞和裸露的臂膀上，可断定构成她肌肤的材料为高质量的塑胶。

围观女孩的视线，聚焦在娃娃的腹部。娃娃的腹部是打开的，如同一家琳琅满目的商店，里面储藏着肝脏、肺管、心房，还有惟妙惟肖的子宫和卵巢。自然，还有逼真的下体。

往事，也许是我在纽约的华尔街，一直想买下模具娃娃的强烈动力之一了。

非常感谢珍斯坦夫人，我得到了一张娃娃被人围观的照片的复印件，离开了华尔街，后来又回国。我虽然没有高质量的仿真塑胶，但我很想为我们的女孩制造出一个娃娃。期待着有一天，能用这具娃娃，同我们的女孩轻松而认真地探讨性。思前想后，我同一位做裁缝的朋友商量，希望她答应为我定做一个娃娃。

听了我详细的解说并看了图片之后，她嘲笑说："用布做一个真人大小的娃娃？亏你想得出！"

我说："不是简单的真人大小，而是和听众的年纪一般大。如果是6岁的孩子听我讲课，你就做成6岁大。如果是16岁，就要做成16岁那样大，比如身高一米六〇……"

朋友说："天哪，那得费我多少布料！你若是哪天给体校女排女篮的孩子们讲课，我就得做一个一米八的大布娃娃了！"

我说："我会付你成本和工钱的。你总不会要到827块钱一个吧（根据当天的100美元对人民币的汇率计算）？"

朋友说："材料用什么好呢？我是用青色的泡泡纱做两扇肺，还是用粉红的灯芯绒做一颗心？"

我推着她的肩膀说："那就是你的事了。为了中国的女孩们，请回去好好想，尽快动手做吧。"

02.

# 论文、小网和乡村记忆

文　毕
集　淑
〉　敏

　　灯下，写关于中国当代文学的论文，论青年女作家的构成及创作走向。繁复的资料像麦秸垛湮没着我的思绪，之所以选择了这个题目，主要是为了蒙混过关。

　　我从众多的资料当中挑选出翔实可靠的，把每一位女作家的出生年月、籍贯、双亲文化水准、个人经历、学历、婚姻恋爱史、发表处女作的时间、创作的题材领域和基本风格等，综合了一张庞大的表格，把大家分门别类地统计在上面，像国民生产总值的计划图表。

　　我在杂芜的材料中艰难地挺进。那个答案——或者说是论文的观点，像礁石似的渐渐露出海面。

　　我突然看见一个女孩，瘦瘦高高地立在我的稿纸上。因为肤色黑，她的牙齿显得格外白，微笑着注视着我。

她，是我姥姥那个村的。

我的父母都是农村人。早年间，他们出来当兵，在遥远的新疆生下我。我半岁的时候，父母东调入京，我也就跟着成了一个城里人。

我五岁那年，妈妈领着我回老家看姥姥。这是我第一次系统地接触农村。农村的小姑娘围上来，问我城里的事。我做了生平最初的演讲。

"你们的房子可真矮！我家在城里住楼房。"我说。

"什么叫楼房？"为首的小姑娘问。她黑黑高高瘦瘦，九、十岁的样子，叫小网。

我傻了。我不知道怎样准确地描述楼房。吭哧了半天之后，我说："楼房就是在房子上面再盖一间房子。"

大伙儿一通哄笑。小网闪着白亮的牙齿对我说："这是根本不可能的。房子上面不能再盖房子。"

看着她斩钉截铁的样子，我开始怀疑自己的记忆。主要是我看出她是孩子们的头，我要是不同意她的观点，就甭想和大伙儿一块儿玩了。

她们接纳了我。

**结论一**：女作家个体多出自高级知识分子家庭，其中大文学家、大美学家、大艺术家的直系后裔，约占四分之一。呈现出明显的人才链现象。

"咱们今儿上坡去。"小网说。

我们老家处在丘陵地带，把小山叫作坡。

我在坡上第一次看到花生秧，觉得叶子精致得像花。小网说，你给咱看着点儿人，咱扒花生吃。

在这之前，我所见到的花生都是躺在柜台里的粉红胖子，不知道它们埋在地里的时候是一副什么模样。我对这个建议充满好奇和恐惧。我说："要是人来了，让人抓住了可怎么办？"小网说："你就大声喊我们。"她又对大家说："花生带多带少不是最要紧的，主要是不能叫人抓着。要是万一有人来了，大伙儿就朝四散里跑。要是往一个方向跑，还不让人一抓一个准！"她又格外叮咛："有人追的时候，就在树棵子里绕圈，他就抓不住咱啦！"

我当时愣愣地看着这个黑黑瘦瘦的女孩，心中充满崇拜。即使在许多年后的今天，我仍然看见她站在蓝绿色的花生秧里，指挥若定地说着这些令人敬畏的话。海风把她稀疏的黄发刮得雾似的飘起，有几根发丝沾在嘴角。她用火焰似的小舌头拨起，继续说话。

开始干活了。小伙伴们拎着花生秧，利索地豁开地皮，像提网兜一样把潜伏在底下的花生果一网打尽。我吃惊地发现，花生并不像商店里卖的那样规格统一，而是个头悬殊。运筹帷幄的小网犯了一个致命的错误，就是不该把瞭望哨的重任交给我。

过了一会儿，我一抬头，哎哟我的妈呀！一个彪形大汉在距离我们很近的地方，张着磨扇一般的手说："这是谁家的孩子！就这么大天白日地偷！"

"快……快跑呀……"我发出最后的警告并身体力行。

大家按照事先的周密计划，四处逃窜。

我不知道，那个大汉为什么在众多的偷盗者里单单追击我。也许是因为我率先逃跑，移动的物体更易引发注意。

他很胖。我往山上跑。我不知道自己为什么选择了上山，可能是那么急切地往山下跑，非一个跟头栽下去不可。我个儿小灵活，正确的战术居然使我们之间的距离渐渐拉开。这时，面前出现了一片小树林，我记起了小网的话……

**结论二**：女作家群体都受过良好的高等教育，大学本科以上学历的约占百分之七十。作家的学者化是不可逆转的总趋势。

　　我开始绕着树跑，决定把这个胖子甩到看不到的远方。我绕了一棵树又一棵树，力求每一个圈都完美无缺。当我气喘吁吁地绕了最圆的一个圈以后，我看见彪形大汉像泰山似的立在我面前。

　　"你是谁家的？"他问。

　　"我是我姥姥家的。"我很悲壮地说。既然被抓住了，就敢做敢当。

　　"你姥姥……哦，你是跟你妈回娘家。说说吧，你妈叫什么名字？"

　　我只好告诉了他。他兀自嘟囔了两遍，嘴巴还动了一动，好像把这个名字咽到肚里去了。

　　"好了。你走吧。"他说，自己先走了。

　　我呆呆地站在荒漠的坡上，第一次感觉世界如此恐怖凄凉。我知道自己把妈妈出卖了，不知道什么厄运在等着我可爱的妈妈。

　　小伙伴们像幽灵一样从一棵棵树影背后闪现出来。她们静静地望着我，把狂奔之后残余的花生果捧给我。

　　"不吃不吃！"我烦躁地把花生打落在地，"你们刚才到哪里去了？为什么不来救我？"我质问。

　　小网走过来。我说："都怪你，怪你！你让我围着树绕，我绕了，结果被抓住了。"

　　她叹了口气说："那也得看该绕不该绕啊！"

我说："你赔我妈妈。"

她沉吟了一会儿，说："其实你妈妈没事的。他把家里大人名字记了去，是打算秋后罚款。你们过些日子就回北京去了，他到哪里去罚你妈？"

我说："要是我家还没走，他就来罚钱，可咋办？"

小网极有把握地说："不会的。平日里大伙儿都没有钱，他可罚得到什么？"

我长长地舒了一口气。小网把兜里的花生掏给我，说："就着熟地瓜干吃，有肉味。"

我吃了一口嫩嫩的花生果，满嘴冒白浆，又赶紧往舌头上搁了一块小网给我的熟地瓜干。我确实品出了一种奇异的味道，但我敢用我五岁的全部经历打赌：肉绝对不是这个味儿。

她们离肉已经太远，肉在记忆的无数次咀嚼中变质。

"好吃吗？"女孩们目光炯炯地望着我。

"不好吃！"我响亮地回答。

我看见小网深深地低了头。那块地瓜干是她好不容易才从家里偷出来的。

面对稿纸，我对那时的我仇恨刻骨。儿童的直率有时是很残忍的东西。有一天，小网对我说："我要上学去了。"我就赶快跑回家对妈妈说："我也要上学。"妈妈说："你才五岁，上的什么学？再说，咱们马上就要回北京。"

我说："我要上学。"

妈妈只好领着我去学校，除学费之外，多交了几块钱，说请费心，权当是幼儿园了。

教室里总共有三块木头。两块钉在地里当桩，一块横在上面做桌面。每人从家里带个蒲团，就是椅子了。

**结论三：** 女作家的个人感情经历多曲折跌宕，婚姻爱情多充满悲剧意义。她们的作品就是她们的心灵史。

在大约一个月的学习时间里，我似乎没有记住一个汉字，好像也没有学会任何一道算术题。在记忆深处蛰伏的只有两件事。一是我学会了一首歌，就是"高高的兴安岭，一片大森林……"二是小网

的学习非常好，老师几乎每天都要表扬她。

有一天，小网把我拉到一旁，愧疚地对我说："以前我把你说错了。"

我大为好奇，说："什么错了？"

小网说："你看。"说着，把书翻到了很后面的一张。

我大惊失色，说："这还没有学呢，你就能认了？"

她说："也不全能，凑合着看吧。不说字了，咱看画。"

我说："画怎么啦？没什么呀！"

她说："你看那房子，双层的。这就是你说的楼吧。你比我小，可你见得比我多。我以后也要到外面去。"

后来，我回北京了。有时见到楼房，就会想到小网。轮到妈妈给老家写信时，我就说："问问小网。"妈妈说："小网好着呢，问一回也就得了吧，怎么老问？信是你姥姥托人写的，人家可不知道什么小网！"

等我自己学会写信了，我就给小网写了一封长信。信里说，我到同学家里看了电视……（那是1964年的事，电子管的电视还很稀罕。）妈妈看到了我的信，说："你跟人家说这个干什么？小网能知道什么是电视吗？你这不是显摆吗？"

我想，小网一定是愿意知道电视的事情的。我绝没有显摆的意思，只是想把最新奇的事情告诉小网。不让写这些，我又写些什么？

我把信撕了。

后来，老家的人来信说，小网结婚了。嫁给一个东北人，到寒冷的关外去了。人们说，小网黑是黑，可是中看。要是一般人，还嫁不出去呢！后来听说她回过家，拉扯着一溜儿的孩子，右胳膊让碾机给铰断了，只剩下左手。大伙说，别看小网一只手，比两只手的媳妇能干。一只手能转着圈地擀饺子皮。有好事者说："一只手能包饺子俺信，可怎么擀皮？"人们偷偷地说："小网包饺子的时候，把案板搁炕上。人站在地上，歪着头，用下巴颏儿压着面剂子，一只手擀得飞快。只是她包饺子的时候不让人看，觉得自己那时候不美。"

我写下了论文的最后一条结论：

迄今为止，中国当代青年女作家群体中，尚没有一位是来自最广阔原野的农村女性。同当代青年男作家结构构成相比，具有极其明显的差异。

这是一种深刻的历史的遗憾。

# 03

# 假如酋长是女性

假如远古时代，有两个部落，为了一口水井，引起激烈的争执，到了剑拔弩张、一触即发的关头，怎么办？

假如酋长是男性，肯定热血喷涌，气贯长虹。年轻的男子聚集在他的身边，呼啸着，奔腾着，摩拳擦掌，械斗很可能在下一秒爆发，刀光剑影，血流成河……

男性依据自身强壮的体魄，更相信横刀跃马得来的天下，更相信"枪杆子里面出一切"的真理，崇尚一斗定乾坤。

假如酋长是位女性，事态将会如何演变？

她也许首先会被即将到来的惨况，吓得闭紧了眼。她是繁殖和哺育的性别，当生命即将受屠戮的时候，她

感到灵魂被锋利的尖刀镂空，锥心刺血的疼痛。

"我们还有没有其他的办法，可以避免这场生命的搏杀？不就是为了一口水井吗？里面流动的液体，一定要用鲜血换回？孩子们，难道已经到了以血为水的地步？透明的清水比滚烫的鲜血更为宝贵吗？"

她苍老的双手伸向黑暗的苍穹，仿佛要在虚空中抓住一条拯救人们的绳索。

"让我们先不要忙着用血去换水，我们避开他们，再挖一口水井吧。"女酋长软弱地退让，"人血不是水，让我们用劳动换取和平。"

人们不甘心地服从着，将地掘出很多深洞，但是，除了原有的井，新的窟窿里干燥得如同沙漠。

人们聚啸起来，隐隐的不满野火一般燃烧。这个女人让我们示弱，让我们劳作，却一事无成。

女酋长敏锐地觉察到了动荡的情绪，但她毫不理会众人的怨恨，继续指示说："让我们出去寻找，双脚走遍每一座险峻的山峦，眼光巡视过每一条隐蔽的峡谷，手指抚摸到每一处潮湿的土地，看是否还能寻觅一眼可以和水井媲美的清泉？让我们尽一切努力，将和平维持到最后一分钟。"

没有，哪里都没有新的水源。千辛万苦、无功而返的寻水人仰天长啸。

"那我去同邻居部落的首领商量，是不是可以研究出一个折中的方案。每家分别用一天水井，合理地分配资源，用公平来尝试和平？"女酋长撕扯着自己的头发，低垂着沉重的头颅。她并非不珍惜自己的尊严，但和尊严同等重要的，是人的生命。

对方部落拒绝了共同使用水井的建议，战云又一次笼罩上空。

仗到了非打不可的时候。假如是男酋长，怒发冲冠，铁马金戈，振臂一呼，兄弟们早就冲上去了，血肉横飞，白骨嶙峋，杀一个天昏地暗。血与火本身，就是惨烈的过程和最终的结论。

女酋长在这千钧一发的机会，依旧犹豫彷徨。她扪心自问，是否已尽到了最大的努力，避免战争？"是的。"她流着泪对自己说，心在泪水中渐渐泡得坚硬起来。

如果一定要刀兵相见，那就来统计一下，我们将要流出多少鲜血？是一盆血？是一桶血？还是一缸血？甚至是一个血的湖泊、血的瀑布、血的海洋？一定要将那血量尽可能地减少，哪怕多保存一滴一缕也好，血液是制造生命的原料。

女酋长掐指计算着，在即将进行的战争中，有多少妻子将失去丈夫？有多少母亲将失去儿子？有多少孩子将失去父亲？有多少家庭将不复存在……女酋长的心凄楚地战栗着，发布作战命令的手高高抬起，又轻轻放下，如是者三。

征集担架，组织救护，战争进行到哪里，医生就要追随到哪里，尽最大的努力减少牺牲，尽最大的努力争取和平……女酋长做好了种种准备之后，艰难地吹响了决斗的号角。

女酋长一方胜利了，人们围着被血水环绕的水井载歌载舞，许多人在狂欢中流下眼泪，凝结成冰晶，他们的亲人永远地走向了远方。

女酋长望着人群，挥之不去的念头盘旋胸间。这块土地底下，真的只有一口井吗？井水真的比生命还要宝贵吗？对方部落的人失去了水源，将如何度日，如何生存？

胜利之后的女酋长，脸上没有笑容。

这就是一个男酋长和一个女酋长之间的不同。这种不同，从上古时代就一直流传下来，源远流长直到今天。

这是我在联合国第四次世界妇女大会上，听一位黑人妇女讲的故事。她反复强调一句话：学会用女性的眼光看世界。

毕淑敏
文集
〈〉

参加活动，人不熟，坐车上山。雾渐渐裹来，刚才还汗流浃背，此刻却寒意浸骨。和好风光联系在一起的，往往是气候的陡变。在山下开着的空调，此刻也还开着，不过由冷气改热风了。

车猛地停下，司机说此处景色甚美，可照相，众人响应，熙熙攘攘同下。我刚踏出车门，劲风扑面呛来，想自己感冒未好，若是被激成了气管炎，给本人和他人都添麻烦，于是沮丧转回。

见车后座的角落里，瑟缩着一个女子，静静地对着窗，用涂着银指甲油的手指，细致地抹着玻璃上凝起的哈气，半张着红唇，很神往地向外瞅着。

我问："喜欢这风景，为什么不下去看呢？"

她回过头来，一张平凡模糊的面孔，声音却是很

见棱角。说："怕冷。我这个人不怕动，就怕冻。"

我打量她，个子不高，骨骼挺拔，着飘逸时装，没有一点儿多余的赘肉，整个身架好像是用铁丝拧成的。

她第二次引起我的注意，是偷得会议间隙去逛商场。我寻寻觅觅，两手空空，偶尔发觉她也一无所获。我说："你为何这般挑？"

她笑笑说："我不要裙子，只要裤子。好看的裤子不多。"

我说："为什么不穿裙子呢？我看你的腿很美啊。"

她抚着膝盖说："我也很为自己抱屈，但没办法啊。你想，我买的算是工作服。能穿着裙子一脚把门踹开吗？"

我如受了惊的眼镜蛇，舌头伸出又缩回。把门踹开！乖乖，眼前这个小女子何许人？杀人越货的女飞贼？

见我吓得不浅，那女子莞尔一笑道："大姐，我是警察。"

我像个真正的罪犯那样，哆嗦了一下。

后来同住一屋，熟悉了。她希望我能写写她的工作。当然，为了保密，她做了一些技术性的处理。

她说："我是抓捕手。一般的人不知道抓捕手是干什么的，其实我一说，您就明白了。看过警匪片吧，坏人们正聚在一起，门突然被撞开，外面有一人猛地扑入，首先扼住最凶恶的匪徒，然后大批的警察冲进来……那冲进来的第一个人，就叫抓捕手。我就是干那个活儿的。"

我抚着胸口说："哦哦……今天我才知道什么叫海水不可斗量。别见笑。请问，抓捕手是一个职务还是职称？"

她说："都不是。是一种随机分配。就是说，并没有谁是天生的抓捕手，也不是终身制的。但警察执行任务，和凶狠的罪犯搏斗，总要有人冲在最前头，这是一种分工，就像管工和钳工。不能一窝蜂地往里冲，瞎起哄，那是打群架……"

我忍不住插话："就算抓捕手是革命分工不同，也得有个说法。像你这样一个弱女子，怎能把这种最可怕、最危险的事，摊派到你头上呢？"

她笑笑说："谢谢大姐这般关怀我。不过，抓犯人可不是举重比赛，讲究多少公斤级别，求个公平竞争。抓捕是没有道理可讲的，抓住就是胜利，抓不住就是流血送命。面对罪犯，最主要的并不是拼力气，是机智，是冷不防和凶猛。"

我说："那你们那儿的领导，老让你打头阵，是不是也有点儿欺负人？险境之下，怕不能讲'女

士优先'！"

她说："这不是从性别考虑的，是工作的需
要。"

我说："莫非你身藏暗器，乃一真人不露相的
武林高手？"

她说："不是。主要因为我是女警。"

我说："你把我搞糊涂了。刚才说和性别无
关，这会儿又有关。到底是有关还是无关？"

她说："您看，刚才我跟您说我是抓捕手，您
一脸瞧我不起的样子，嫌疑人的想法也和您差不多
（听到这儿，想起一个词——物以类聚。挺惭愧
的）。当我一个弱女子破门冲进窝点时，他们会一
愣，琢磨：'这女人是干什么的？'这一愣，哪怕
只有一秒，也赢得了最宝贵的时间。狭路相逢勇者
胜啊。特别是当我穿着时装、化了浓妆的时候，准
打他们一个冷不防……"

　　我看看她套在高跟鞋里秀气的脚踝，说："这是三十六计中的'兵不厌诈'。只是，你这样子，能踹开门吗？"

　　她把自己的脚往后缩了缩，老老实实地承认："不行。"

　　我说："那你破门的时候，要带工具吗？比如电钻什么的？"

　　她说："您真会开玩笑。那罪犯还不早溜了？我现在不能踹开门，是因为没那个氛围。真到了一门隔生死，里面是匪徒，背后是战友，力量就迸射而出。您觉着破门非得要大力士吗？不是。人的力量聚集到一点，对准了门锁的位置，勇猛爆发，可以说，谁都能破门而入。"

　　我神往地说："真的？哪一天我的钥匙落在屋里时，就可以试试这招了。省得到处打电话求人。"

　　她很肯定地说："只要您下定了必胜的信心，志在必得，门一定应声而开。"

　　我追问："进门以后呢？"

　　她说："是片刻死一般的寂静。然后我得火眼金睛地分辨出谁是最凶猛的构成、最大威胁的敌人，也就是匪徒中的头羊，瞬间将他扑倒，让他失去搏杀的能力。说时迟那时快，战友们就持枪冲进来，大喊一声：'我们是警察！'……"

　　我打断她，说："且慢且慢。难道你不拿枪，不喊'我是警察'吗？"

　　她非常肯定地说："我不拿枪，并且绝不喊。"

　　我说："怎么和电影里不一样啊？"

　　她说："那是电影，这是真拼。我如果持枪，就会在第一时间激起敌人的警觉，对抓捕极为不利。如果我有枪，必是占用最有力的那只手，就分散了能量，无法在最短时间内将匪首击倒。再说，既是生死相搏，胜负未卜，如果我一时失手，匪徒本无枪，此刻反倒得了武器，我岂不为他雪中送炭，成了罪人？所以，我是匹夫之勇，赤手空拳。"

　　我说："那你不是太险了？以单薄的血肉之躯，孤身擒匪。说实话，你害怕过吗？"

　　她缓缓地说："害怕。每一次都害怕。当我撞击门的那一瞬，头脑里一片空白。这一撞之后，生命有一段时间将不属于我。它属于匪徒，属于运气。我丧失了我自己，无法预料，无法掌握……那是一种摧肝裂胆的对未知的巨大恐惧。"

　　我说："你当过多少次抓捕手了？"

　　她说："二百四十三次了。"

　　我又一次打了哆嗦。颤声问："是不是第一次最令人恐惧？"

　　她说："不是。我第一次充当抓捕手之前，什么都没想。格斗之后，毫发未损，按说这是一个很圆满的开端和结局。可是，犯人带走了，我坐在匪徒打麻将的椅子上很久很久站不起来，通体没有一丝力气。无论瞧什么东西，连颜色、形状都变了，仿佛是从一个死人的眼眶往外看。我当时以为这定是害怕的极点了，万事开头难，后来才知道，恐惧也像缸里的金鱼一样，会慢慢长大的。

"经历的风险越来越多，胆子越来越小。您一定要我回答哪一次最恐惧，我告诉您，是下一次。"

我说："既然你这么害怕，就不要干了嘛！"

她说："我只跟您说了恐惧越来越大，还没跟您说我战胜它的力量也越来越强了。如果单是恐惧，我就坚决洗手不干了，想干也干不成。不是，恐惧之后还有勇气。勇气和恐惧相比，总要多一点点。这就是我至今还在做抓捕手的原因。"

我叹了一口气说："你受过伤吗？"

她说："受过。有一次，肋骨被打断了，我躺在医院里，我妈来看我。我以前怕她担心，总说我是在分局管户口的。我妈没听完介绍就大哭了，进病房的时候，眼睛肿成一条缝。我以为她得骂我，就假装昏睡。没想到她看了我的伤势，就嘿嘿笑起来。我当时以为她急火攻心，老人家精神出了毛病，就猛地睁开了眼。她笑了好一会儿才止住，说："闺女，伤得好啊。我要是劝你别干这活了，你必是不听的。但你伤了，就是想干也干不成了。伤得不算太重，养养能恢复，还好，也没破相……'

"伤好了以后，我还当抓捕手。当然瞒着老人家。但我妈的话，对我也不是一点儿效力都没有。从那以后，我特别怕刀。一般人总以为枪比刀可怕，因为枪可以远距离射杀，置人于死地。刀刺入的深度有限，如果不是专门训练的杀手，不易一刀令人毙命。不是常在报上看到，某凶手连刺了多少刀，被害人最终还是被抢救过来了吗？

"我想，枪弹最终只是穿人一个小洞，不在要害处，很快就能恢复。如果伤在紧要处，我就一声不吭地死了。死都死了，我也就没什么可怕的了。所以说枪的危害，比较可以计算得出来。但刀就不同了，它一划拉一大片，让你皮开肉绽、血肉模糊，但你还没死。那样，假如我妈看到了，会多么难过啊，我也没脸对她解释。所以，我为了妈妈，就特别怕刀，也就特别勇敢。因为在那手起刀落的时刻，谁更凶猛，谁就更有可能绝处逢生。"

话谈到此，我深深地佩服面前这个貌不惊人的女警察了。我说："你为什么选择了这么一份危险的工作？"

她说："我个子矮，小的时候老受欺负。我觉得警察是匡扶正义的，就报名上了警校。人们常常以为，大个子的人才爱当警察，其实不。矮个子的人更爱当警察。因为高个子的人，自己就是自己的警察。"

我说："你能教我一两招功夫吗？比如双龙夺珠什么的，遇到坏人的时候，也可自卫。"

我说着，依葫芦画瓢，把食指和中指并排着戳出去，做了一个在武侠电影中常常看到的手势。

她笑得很开心，说："您的这个姿势，像二战中盟军战俘互相示意时打出的'V'，但基本上没效力。因为中指和食指长度不同，真要同时出击，中指已点到眼底，食指还悬在半路，哪儿能制敌于死命？真正的猛招，用的是两根相同长度的手指。"

我忙问："哪两指？"

女警笑笑说："姐还真想学啊？如果不介意，我在您身上一试，诀窍您就明白了。当年我们都是这样练习的。"

我忙说："好好。我很愿领教。"

她轻轻地走过来，右手掌微微一托，抵住我的下颌，顶得我牙关紧扣。紧跟着，她的食指和无名指，如探囊索物般扪住了我的眼皮，不动声色地向内一旋、向下一压……天哪！顿时眼冒金星、眼若铜铃，如果面前有面镜子，我肯定能看到牛魔王再世。

她轻舒粉臂，放松开来，连声道："得罪了，得罪了。"

我揉着眼球赞道："很……好，真是厉害啊……只是不晓得要多长时间才修得如此功夫？"

她说："也不难。希望罪犯都被我们早早降伏。普通老百姓，永远不要有使用这道手艺的场合。"

分手的时候，她说："能到大自然中走走，真好啊。和坏人打交道的时间长了，人就易变得冷硬。绿色好像柔软剂，会把人心重新洗得轻松暖和起来。"

05.

# 发出声音永远是有用的

文集 毕淑敏

如果你身为一个女性，请不要抱怨。这个世界就是如此地不平等，在你以前很久，就是这样了。在你以后很久，也会是这样。所以，它等待着你的降临和奋斗。你的降临和奋斗，也许什么也不能改变，也许能让它变得更美好一些，但起码这个世界因为有了你的存在，而有了希望。

有一年，我应邀到一所中学演讲。中国北方的农村，露天操场，围坐着几千名学生。他们穿着翠蓝色校服，脸蛋呈现出一种深紫的玫瑰红色。冬天，很冷。事先，我曾问过校方，不能找个暖和点的地方吗？校长为难地说，乡下学校，都是这种条件，凡是开全校大会，都在操场上。我说，其实不是在考虑自己，而是想孩子们可受得了。校长说，您放宽心好

了，没事。农村孩子，抗冻着呢。

我从不曾在这样冷的地方讲过这么多的话。虽然，我以前在西藏待过，经历过零下四十度的严寒，但那时军人们急匆匆像木偶一般赶路，缄口不语，说话会让周身的热量非常快地流失。这一次，吸进冷风，呼出热气，在腊月的严寒中面对着一群眼巴巴的农村少年谈人生和理想，我口中吐冒一团团的白烟，像老式的蒸汽火车头。

演讲完了，我说，谁有什么问题，可以写张字条。这是演讲的惯例，我有什么地方说得不妥当，请大家指正。孩子们掏出纸笔，往手心哈一口热气，纷纷写起来。老师们很负责地在操场上穿行，收集字条。

我打开一张字条。上面写着：我很生气，这个世界是不平等的。比如，我为什么是一个女孩呢？我的爸爸为什么是一个农民，而我同桌的爸爸却是县长？为什么我上学要走那么远的路，我的同桌却坐着小汽车？为什么我只有一支笔，他却有那么大的一个铅笔盒……

我看着那一排钩子一样的问号，心想这是一个充满了愤怒的女孩，如果她张嘴说话，一定像冲出了一股乙炔，空气都会燃起蓝白的火苗。

我大声地把她的条子念了出来。那一瞬，操场上很静很静，听得见遥远的天边，有一只小鸟在嘹亮地歌唱。我从台子上望下去，一双双乌溜溜的眼珠，在玫瑰红色的脸蛋上瞪得溜圆。还有人东张西望，估计他们在猜测字条的主人。

据说孩子们在妈妈的肚子里，就能体会到母亲的感情。很多女孩子从那个时候，就感受到了这个世界的不平等，因为你不是一个男孩，你不符合大家的期望。

这有什么办法吗？没有。起码在现阶段，没有办法改变你的性别。你只有认命。我在这里说的"命"，不是虚无缥缈的命运，而是指你与生俱来的一些不能改变的东西。比如你的性别，比如你的相貌，比如你的父母，比如你降生的时间地点……总之，在你出生以前就已经具备的这些东西，都不是你所能左右的。你只能安然接受。

不要相信别人对你说的这个世界是平等的那些话。在现阶段，这只是一厢情愿。不过，你不必悲观丧气。其实，世界已经渐渐在向平等的灯塔航行。比如一百年前，你能到学堂里来读书吗？你很可能裹着小脚，在屋里低眉顺眼地学做女红。县长的儿子，在那个时候，要叫作县太爷的公子了，你怎么可能和他成为同桌？在争取平等的路上，我们已经出发了。

没有什么人承诺和担保你一生下来就享有阳光灿

烂的平等。你去看看动物界，就知道平等是多么罕见了。平等是人类智慧的产物，是维持最大多数人安宁的策略。你明白了这件事情，就会少很多愤怒，多很多感恩。你已经享受了很多人奋斗的成果，你的回报就是继续努力，而不是抱怨。

身为女子，你不要对这样的不平等安之若素，你可以发出声音。说了和没有说，在暂时的结果上可能是一样的，但长远的感受和影响是不一样的，对你性格的发展是不一样的。而且，只要你不断地说下去，事情也许就会有变化。记住，发出声音永远是有用的，因为它们可能会被听到并引发改变。

说实话，让一个受到忽视的女孩子，很小就发出对于自己不公平待遇的呐喊，几乎是不可能的。但我思索再三，还是决定保留这个期望。因为今天的女子，也可能变成明天的母亲。如若她们因循守旧，照样端起了不平等的衣钵，如若她们的女儿发出呼声，也许能触动她们内在的记忆，事情就有可能发生变化。当然了，如果女孩子长大了，到了公共场合，这一条就更要记住并择机实施。记住，呐喊是必需的，就算这一辈子无人听见，回声也将激荡久远。

# 06

# 蔚蓝的乐园

毕淑敏文集

　　在一堂心理学课程上，老师对女同学说，我们来做一个试验，请大家选择一个你认为最舒适的位置坐好，然后闭上眼睛，听我说……

　　在老师特殊的语言诱导和自我的呼吸放松过程中，女人们渐渐地进入一种极度松弛和冥想的状态。按照老师的每一道指示，她们沉浸在半是遐想半是幻觉的境况中。那是一种奇异的体验，在思维飘逸中又保持了羽毛般细腻的注意力，身体的每一部分既仿佛被意志高度把持，又如边界模糊、云空朦胧的雾海。

　　老师说："观察你自己的身体，感觉它每一部分的美好……然后深呼吸，体验血液在全身流通的温暖和欢畅，你的手指尖，你的脚心，你的每一寸肌肤，你的每一根发梢……感觉到热了吗？好……
你渐渐地蜕去你女性的特征，变成一个男人……你
的上肢，你的下肢，你的腹部……哦，如果你不
愿意变，就不变吧……好，你已经变成一个男人
了……打量你新的身体，从上到下，慢慢地抚摸
它……你欣赏它吗？你喜爱它吗？……你是一个男
人了，现在你要怎样呢？你走出家门……你行进在
大街上，你同人家讲话，你的嗓音如何呢？……你
看自己身边的女人，你的目光是怎样呢？……你以
父亲的身份亲吻自己的孩子……"

四周初起是渐强渐弱的呼吸，然后趋于宁静，
最后是死一样的沉寂。

待试验整体结束，大家遵照老师的指示，缓缓
地回到现实的真实环境中后，老师问："你们刚才
在遐想中改变了一回自己的性别，有些什么特别的
感触呢？"

有大约三分之一的女性说，她们原来就不喜欢
变成男人，这样在变的过程中，变着变着就变不
下去了，怎么也蜕不掉自己的女儿身，于是她们
决定不变了，安安稳稳做女人。应了广告上的一句
话——做女人挺好。

还有大约三分之一的女人说，她们在思想和情
绪上，还是觉得做男人好，但在具体想象的过程

中，不知如何处置自己的身体。比如说变成男人后的身材，是像施瓦辛格那样肌肉累累，还是如同冷峻的男模特瘦骨嶙峋？尤其是将要抚平自己身体的曲线，脱去茂密的长发，生出毛茸茸的胡须那一步时，进展艰涩。到达消失掉女性的第一性征、萌动男性的第一性征关头，更是遭遇到了毁灭般的困难。直弄得变也不是、不变也不是，停在蜕变的中途，好似一只从壳中钻出一半身体的知了猴，既没有长出纱羽般的翅膀，也无法重新钻回泥里蛰伏，僵持在那里，痛苦不堪。可见，做男人不是一个抽象的问题，倘若无法在生理上接受一个男性的结构，其他一切，岂不妄谈？

还有三分之一变性意志坚定的女性，虽然甚为艰巨，还是比较顽强地驱动自己的身体变成男性（据统计资料，有34%的女人不喜欢自己的性别，假如有来生，可以自由选择性别的话，她们表示，坚决变成一个男人）。她们在想象中的明亮的大镜子前，匆忙端详了一下自己的身体，就急急忙忙地穿上衣服。她们并不是为了欣赏男性的身体而变成男性，她们有更重要的事情要做。要出门，当然要有相应的行头。女人们为变成男性的自己挑选什么样的衣服，是一个很有趣的问题。在日常生活中，这些女性为自己的男友或丈夫择衣时，除了式样质

地色泽以外，会注意衣服的价位，也就是说，她们考虑问题是很实际的。但在想象中为男性的自己挑选衣物的时候，她们（现在要称他们了）都出手阔绰，毫不犹豫地买了名牌西装，为自己配了车，然后意气风发地走向商场、政界，成为焦点人物……但当回复现实的女儿身时，她们一下子萎靡了。

真是一堂有意思有意义的课。从以上变与不变的讨论中，是否可以得出这样一个结论，女性希冀改变自己性别的愿望，并不纯粹是生理上对男性形体的渴慕，而更多、更重要的——是想得到男性的社会地位、成功形象、财富和权柄。变性，只是一个理想价值实现的变形的象征。

把复杂的愿望伪装成一个天然的性别问题，且无法由个人努力而企及只有寄予虚无缥缈的来世，我们从中读出女性沉重的悲哀和无奈，也与社会的偏见和文化的挤压密不可分。

男性和女性在生理构造上是有不同的，主要集中在生殖系统上，这是不争的事实。生理构造的不同，可以带来行为方式上的不同，比如鸭子和鸡，前者因为掌上有蹼，羽毛的根部有奇特的皮脂腺分泌，能在水中遨游。后者就不成，落入水中，就成了落汤鸡，有生命危险。但男性和女性，即使在生理构造上，也是相同大于不同——比如，我们有同样的手指同样的眼，同样的关节同样的脚，同样的肠胃同样的牙，同样的大脑同样的心。

男女之间的差别，说到底，力量不同是个极重要的原因。在人类文明的曙光时期，天地苍茫，万物奔驰，体力是一个大筹码。在极端恶劣的生存与环境的抗争中，追逐野兽，猎杀飞禽，攀缘与奔跑……男性们占了肌肉和骨骼所给予的先天之利，根据义务与权利相统一的公平原则，因此得到了更多的权力和利益。随着文明进程的语言和文化，将这些远古时流传下来的习气，凝固下来，弥漫开去，渗透到各个领域，成了铁的戒律。久而久之，不但男人相信它，女人也相信它。男人认为自己是天造地设的"强者"，女人认为自己是永远的"弱者"。

随着现代文明的进展，男女在体力上的差异越来越不分明了。操纵机器用按钮，甚至在一场核武器的大战中，导弹和原子弹的发射，也只是弹指之间的事情，男人做得，女人也做得。因特网上，如果不真实地自报家门，谁也猜不出谈话的那一端是男是女。

最初奠定男女差异的物质基础已经动摇，渐趋消亡，建筑在它之上的陈旧的性别符号，却霸道地顽固地统治着我们的各个领域。

男女两性的真正平等，不是单纯地向男人世界挑战，也不是一味地向女人世界靠拢，而是在男女两性平等协商、相互沟通，既重视区别又强调统一的大前提下，建立一种新的体系，一个"中性"的价值框架。

它以人性中那些最光明仁慈的特质，来统率我们的思维和道德标准，博大宽容，善良温厚，新颖智慧，坚定勇敢。它以我们共同具有的勤劳的双手和睿智的大脑，把这颗蔚蓝色的星球，建设得更适宜人类居住和思索，造就一方男女两性共享的宇宙乐园。

07.
# 性别按钮

文
集
〉

毕
淑
敏
〈

假如我们身上有一个按钮可以随时改变我们的性别，我将在一生的许多时候使用它。让我们假设按钮的颜色，男性为红女性为绿吧，因为我们这个民族素有"红男绿女"这样一个成语。

我想象自己的身体也许像交通繁忙的十字街头，红红绿绿闪烁个不停。

当我还是一个胎儿的时候，我选择女性。因为根据最新的科学研究证明：女性特有的那两个XX染色体，除了表示性别，还携带着许多抗病的基因。流产夭折的孩子多半是男婴，就是因了这个缘故。请别谴责我的自私，外面的世界这么喧哗美丽，我这辆小小的跑车，不能还没驶出站就抛锚。

当降生终于开始的时候，我毫不犹豫地选择男性。我要向人世间发出最嘹亮动人的哭声，宣告一个生命——我的到来。一个理由是女孩子的哭声多半太秀气，自己就听得没情绪。最主要的原因是为了让我的亲人们高兴。无论社会怎样进步，中国人还是喜欢男孩。尤其在产房里的时候，生了男孩的妈妈眉飞色舞，生了女孩的妈妈低眉顺眼……为了能让自己的妈妈理直气壮，为了能让望眼欲穿的爷爷、奶奶喜笑颜开，我只好义无反顾地选择男性。这可绝不是向世俗的偏见低头，而只是想在出生的这一瞬间，带给我的亲人更多的快乐。

我在襁褓中慢慢长大。这段时间，做男婴还是做女婴都无所谓。在没有发明舒适的纸尿布以前，我想还是做男孩好一些，享受干爽的机遇比较多。随着科学的不断发展，这件小事不再能左右我揿动按钮。在这段人生最美好的时光里，我男女不辨地随意躺在绵软的带栅栏的小床里，用小手追逐缓缓移动的阳光，学会对着使我们愉悦的事物微笑。我们脱离了母体的温暖，独自面对自然界的风霜。我们尝试着对饥饿和病痛发出抗争，但我们其实很无奈。假如没有亲人的呵护，无论是男孩还是女孩，我们都软弱。

像初夏的青苹果，我们缓缓地长大。这段时间如果一定要我选择，我就当女孩吧。因为在这期间，我们无师自通地学会了人世间最重要的知识——语言。女孩的舌头像鹦鹉，学话的速度比男孩快多了。虽说中国流传着"贵人语迟"的民谚，但我还是喜欢做个平凡人，早早地学会向他人表达自己的看法。

接着，我们突然像春笋一样，日新月异地膨胀起来，不断地增长淘气的本事。爬高下低，没头没脑地疯跑，在自己的脸上糊上泥，把玩具肢解得遍地都是，从一块石头疯狂地跳上另一块石头，在水里溅起一连串的水花……这都是男孩子的特权啊！我要做个男孩，把身上的红色按钮死死揿下。做男孩可以把鞋子踢烂、把衣服剐破、把手指划出血、把膝盖磕掉皮而不遭家长的斥责。男孩在玩耍上享有天然的豁免权，当他们无意中伤害了别人的财产和自己的身体时，大人们多半会宽容地说："嘿！男孩子嘛，就是这个样子！"

女孩子可要倒霉得多。几千年的观念像一张透明的娇柔的网，将你裹得紧紧的。你时刻感到不能自由自在地呼吸和手舞足蹈。你看得见外面的一切，却不能随心所欲地飞翔。你抗议的时候，别人会莫名其妙地说："没有呀？没有谁束缚你。"真让你有苦说不出。

开始上学了。我愿意回到女儿身。男孩子太顽

劣了，屁股底下像有颗大滚珠，不会安安静静在椅子上待一刻。他们终究会意识到知识的重要，可是距那大彻大悟的关头，他们还要穿过漫长的隧道。在这个觉醒的过程中，他们恶劣的成绩，将被老师斥责、同学耻笑，家长软硬兼施，邻里议论纷纷……这种经历对一个人的心智是大考验。许多男孩就在这种挫折感中，失去了人最宝贵的自尊。而女孩，就比较平顺，因为她们知道死用功。灵灵秀秀的女孩穿得干干净净，乖乖地举手发言，讨老师的喜欢；下了课，夹着平平整整的作业本回家，给爸爸妈妈一个好成绩。小学真是一个女孩的黄金时代，她们像新生的豆荚一样饱满和嫩绿，充满着勃勃的生气。

　　到了十一二岁的时候，我要赶快把绿色按钮变换成红色按钮，再迟就来不及了。那位将陪伴每一个女人青春时代的殷红色朋友就要来啦！她每月一次的造访你无法拒绝，陪着她，你困倦激动好哭爱发脾气……惹不起，我们躲得起。去做男人。

男人此刻异军突起。他们在一夜间变得强健英俊，仿佛是蜕尽了最后一层躯壳的知了，高高地飞到了白杨树梢，向全世界发出尖锐的鸣叫。尽管歌声还不够老练，但他们终究会成熟起来的。这个时期的男性永远是一个谜，你不知道他们是在哪一个早上突然从男孩变成了男子汉。老天爷的鬼斧神工，毫不留情地把他们大脑的沟壑凿深，雕刻出他们坚毅的下巴和眉宇，在制造他们潇洒智慧的同时，慷慨地随赠了一大包幽默。仿佛在不经意间，他们流露出勇气与旷达。当然啦，他们也脆弱，也孤独，也想入非非，也躁动不安，但鹿一般雄壮的气息缠绕着他们，他们在奔跑中不断完善。

岁月的炉火燃烧着，熔炼着男人和女人的金丹。

女人最美丽的季节到了。俗话说女大十八变，最动人的变化悄悄地发生着，我终于忍不住跑回去做女人了。

少女的头发像鸦羽一样闪亮，你盯着看久了，会闪出墨绿的光泽。瞳孔里因为蕴含了过多的期望而显得秋水淋淋。肌肤像刚刚裱制出的白绸，细腻光滑，无一丝波痕。柔曼的腰肢，玲珑的曲线，都带着稍纵即逝的精致。

她们的心绪，像一块绿毡似的秧田。看似平静，其实每一阵微风荡过，都引起所有的枝叶震颤。

草莓红了，芭蕉被雨淋湿，成熟的樱桃想飞到天上去，无所不在的万有引力又使它飘落到黄土地上。

无论女人有多少瑰丽的想象，她们一生中最重要的事，是寻找那个缺了肋骨的男人，重新嵌进他的胸膛。无论找到找不到，都有无尽的苦恼与欢乐。

男人和女人终于镶在一起了。

在女人行将破裂的那一瞬，我决定逸出她的躯壳，去做一个男人。因为此时的男人好威风啊！

婚后的男人，太累太累，好像追赶太阳的夸父，一头担着事业，一头担着家庭。出于怕苦怕累的天性，又使我翻回头想做女人，但女人已开始孕育生命。这是充满创造也充满艰险的劳动，简直是女人一生中最大的劫难。

女人变得面目全非，身躯沉重，步履蹒跚，脸上趴着褐色的蝴蝶，曲线被圆弧毫不留情地替代。心脏汹涌地鼓荡着，供给着两个人的血脉。

那是生与死的循环啊。女人或者捧出两条生命，或者与她的婴孩一起沉没海底。

面对生命的链条，我怯懦地闭上眼睛。我真的不知该选择做男人还是做女人。也许人生就是无止境的苦难，无论怎样巧妙地在礁石上跳来跳去，我们还是得被巨浪浇得透湿。

也许在真正美妙的融合中，男人和女人是一堵砌在高坡上的墙。你不可能将他们分开，你不可能说自己是其中的砖还是泥水。墙矗立着，或者訇然倒塌；或者很有风度地站上一千年，依然像刚完工那般新鲜。

真的，我们不必区分得太分明。一个好男人和一个好女人，在共患难的日子里，是一种奇怪的有四只脚和四只手的动物。他们虽然有两颗心，却只有一个念头——风雨同舟地向前。

新的生命诞生了。

从这儿以后，还是坚持做男人吧。哺育的担子太重，社会又对女人提出了太多的角色要求。在家是举案齐眉的贤妻良母，出外是叱咤风云的巾帼强人。父母膝下返璞归真的孝女，社交场合典雅华贵的夫人……一副副面具需要轮换着镶在脖颈上，深夜里，女人会仰天叹息："我在哪里？"

做男人就简明扼要多了。他们缓缓地但坚定不移地向着既定的目标前进，好像一艘巨大的航空母舰。他们的轮廓在岁月中渐渐模糊，但内心仍坚定如铁。失败的时候，他们在人所不知的暗处，揩干净创口的血痕。当他重新出现在太阳下的时候，除了觉出他的脸色略显苍白以外，一切如常。他们也会哭泣，但流出来的是血不是水。血被风干了就是美丽的玫瑰花，被他们不经意地夹在成功的证书里。

男人的自由多，男人的领域大。男人被人杀戮也被人原谅，男人编造谎言又自己戳穿它。男人可以抽烟可以酗酒可以大声地骂人可以随意倾泻自己的感情。历史是男人书写的，虽然在关键的时刻往往被一只涂了蔻丹的指甲扭转，那也是因为在那只手的后面，有一个男人在微笑地凝视着她。

我懵懵懂懂疲倦地走过了许多年，频繁地选择着性别按钮，连自己也感觉厌烦。似乎每一次选择的动机都是避重就轻，人类的弱点在选择中也暴露无遗。

选择的机会不是很多了，我们已经老迈。

时间是一个喜欢白色的怪物，把我们的头发和胡子染成它爱好的颜色。它的技术不是太好，于是我们变得灰蒙蒙。孩子长大了，飞走了，留下一个空洞的巢穴。由于多年在一起生活，我们吃一样的饭，喝同一种茶叶沏成的水，甚至连枕头的高度也是一致的，我们变得很相像。像一对古老的花瓶，并肩立在博物架上，披着薄薄的烟尘。

我们不可遏制地走向最后的归宿。我们常常亲热地谈起它，好像在议论一处避暑的胜地。其实我们很害怕，不是害怕那必然的结局，而是害怕孑然一身的孤独。

我们争论谁先离开的利弊。男人和女人仿佛在争抢一件珍贵的礼物，都希图率先享受死亡的滋味。

在这人生最后一轮的选择中，我选择女性。

我拈轻怕重了一辈子，这次挺身而出。男人，你先走一步好了。既然世上万事都要分出个顺序，既然谁留在后面谁更需要勇敢，我就陪伴你到最后。一个孤单的老翁是不是比一个孤单的老媪更为难？让我嚼着这颗坚硬的胡桃到最后吧。

这是生命的分工，男人你不必谦让。

你病了，我会在你的床前，唱我们年轻时的歌谣。我会做你最爱吃的饭，因为你说过，除了你的母亲，这个世界上我做的饭最对你的口味。我们共同回忆以往的时光，把辛苦忙碌一辈子没来得及说的话，借病房的角落全部说完。

其实，话是说不完的。

有一天，你突然说要告诉我一个秘密。你说男人都有自己的秘密，你对我这样好，其实我不值得你对我这样好……

你要用秘密回报我的真诚，这样使我在你死后不会太伤心。

我立刻用苍老的手堵住你的嘴。我说："你别说，永远别说。我们之间没有秘密，最大的秘密就是我们怎样在茫茫人海中相识，从过去一直走到将来。"

男人走了，带着他永远的秘密。

现在，我已无法再选择。

那两个红色、绿色的按钮，已经剥脱了油彩，像旧衣服上的两颗扣子。

选择性别，其实就是选择命运。男人和女人的命运有那么多的不同，又有那么多的相同。

我最后将两颗按钮一起揿下，我不知道会发生什么样的事情。

它们破裂了，留下一堆彩色的碎片。

我作为一个女人，来到这个世界上，我又作为一个女人，离开这个世界，似乎所有的选择都是徒劳。

不，我用一生的时间，活出了两生的味道。

08.

# 发的断想

文集 〈一〉 毕淑敏

　　"头发长，见识短"是形容女人的一句俗话，总觉得这话没道理。头发为什么同见识成反比例？

　　但头发的确是性别的象征。少时我在喜马拉雅、冈底斯和喀喇昆仑三山交会处的高原当兵，男人多，女人少。我们常年裹在绒绒的棉衣里，纵使用直尺去量，也绝无曲线，唯一可在轮廓上昭示出男女的是头发。为了消除男人的遐想，领导要求我们把所有的头发都藏进军帽。刘海儿自然是一根也不留，少女光亮的额头如同广场一般洁净。颈后的碎发却很麻烦，我的发际低，须把头发狠狠地拎起，茅草一样塞进军帽，帽檐因此翘得很高，像喇叭花昂然向上。每晚脱下军帽都要搓揉许久：头皮像遭了强烈的惊吓，隆起一片粟丘疹。那时候有一

个梦：让头发晒晒太阳。

有一种液体叫"海鸥"，我至今不知它的成分，但它味道独特，难以忘怀。那时探家回北京，归队时总要背几大瓶，关山迢迢，不以为苦。用"海鸥"洗过的头发清亮如丝，似乎也没有头皮屑，又好分装。记得一次战友分别，想送她一点儿小礼物，正琢磨不出哪样东西称心，她说："就送我一瓶海鸥水吧，等于送我一头好头发。"

第一次用现代的洗发液，是妹妹在包裹中寄到高原的。那是一枚小小的鱼形塑料泡，泡里储着水草绿色的液体。妹妹说，那是出国回来的朋友所赠，她舍不得用，又翻越万水千山送我。好长时间舍不得剪开，只有姐妹之情，才有这份细腻与悠长。

如今，我们已经有数不胜数的洗发液了，色彩斑斓、清香扑鼻。女人们可以梳各式各样的发式，从最简单的"清汤挂面"到最繁复的朋克式，都是私事，无人干涉。女人们的头发便在春天的和风里，尽情地晒太阳。

对于一则广告的立意，我略有些微词。一个美丽的女孩求职，一切都很顺利。就在要被录用的一瞬间，突然发现了她的头皮屑，于是女孩子像鲜花一样的前程模糊了……

女人的自信心就这样与头发呈现出密不可分的正相关吗？！

男人和女人的头发都会长得很长，例如我们的清朝。而世界允许女人留长发，是上天赐给女人的财富。头发使女人显得更妩媚、更娇柔，把头发浣洗得亮丽如漆，是女人的功课，源远流长。

然而，头发毕竟是头发，女人应该心比发长。

09.

# 杗果女人

毕淑敏
文集／八

　　小学同学艨从北美回来探亲，因国内已无亲属，她要求往日同伴除了叙旧以外，就是陪她逛街购物吃饭。于是，大家排了表，今日是张三明日是李四，好像医院陪床一般，每天与她周游。

　　艨的先生在外发了财，艨家有花园洋房游泳池，艨的女儿在读博士，艨真是吃穿不愁，可是艨依然很朴素，就像当年在乡下插队时一般。艨说："我这么多年主要是当家庭妇女，每日修剪草坪和购物。要说有什么本领，就是学会了如何当一名消费者。"

　　艨说："中国的商家已经学会了赚钱，可很多人还不知道钱要赚得有理。中国老百姓也已经知道了，钱可以买来服务。可这服务是什么质量的，心里却没数。"

和艨乘出租汽车。司机一边开车，一边用打火机引着了烟。艨对我说："你抽烟吗？"我偏头躲着烟雾说："不抽。"艨说："我也不抽。"然后是寂静，只有发动机的震颤声。等了一会儿，艨对司机说："师傅，我本来是想委婉地提醒您一下，没想到您没察觉。那我就得明说了，请您把烟熄了。"司机愣了一下，好像没听懂她的话，想了想，还算和气地说："起得早，困。抽一支，提提神。我这车，不禁烟，没看不贴禁止吸烟的标志吗？"艨说："这跟禁烟标志无关，而是您抽烟并没有得到我们的允许啊。"司机说："新鲜。抽烟这事，连老婆都管不着我，干吗要得到你们的允许？"

艨说："您老婆给您钱吗？"

司机说："新鲜。我老婆给我什么钱？是我给她钱，养家糊口。"

艨沉着地说："这就对了。您老婆和您是私事，你可听也可不听。我们出了钱，从上车到目的地这段时间内，买了您的服务。我们是您的雇主，您在车内吸烟，怎能不征询主人的意见呢？"

我捏了一把汗，怕司机火起来。没想到，他握着烟想了半天，把长长的烟蒂丢到车窗外面了。过了一会儿，司机看看表，把车上的收音机打开，开始听评书连播《肖飞买药》。音波起伏，使车内略显尴尬的气氛得到了某种稀释。

朦的眉头皱起来，这一次，她不再旁敲侧击，径自说："师傅，我心脏不好，不能听这种激动的声音。请您关闭音响。"

司机旧恨新仇一起发作，于是恨恨地说："怎么着？这评书我是每天都听的，莫非今天拉了你，就得坏了我的规矩，让我不知道肖飞是怎么从鬼子眼皮底下逃出去的？你这个女人脑子有毛病！"

我虽从感情上向着朦，但司机的话也不无道理。别说肖飞还是有趣的故事，赶上毛头司机让你听汗毛都爹起的摇滚，不也得忍了吗？我忙打圆场说："师傅，我这位朋友爱静，就请您把喇叭声拧小点儿，大家将就一下吧。"

没想到首先反对我的是朦。她说："这不是可以将就的事。师傅愿意听《肖飞买药》，可以。您把车停了，自个儿坐在树荫下，爱怎么听就怎么听，那是您的自由。既然您是在从事服务性的工作，就得以顾客为上帝。"

司机故意让车颠簸起来，冷笑着说："怎么着？我就是听，你能把我如何？"说完，把声音扩到震耳欲聋。

朦毫不示弱地说："那您把车停下。我们下车！"

司机说："我就不停，你有什么办法？莫非你还敢跳车？！"

篠坚定地说："我为什么要跳车？我坐车，就是为了寻求便利。我付了钱，就该得到相应的待遇，您无法提供合乎质量的服务，我就不付您报酬。天经地义的事情，走遍天下我也有理。"

我以为司机一定会大怒，把我们抛在公路上。没想到在篠的逻辑面前，他真的把收音机关了，虽然脸色黑得好似被微波炉烘烤过度的虾饼。

司机终于把我们平安拉到了目的地。下车后，我心有余悸。篠却说："这个司机肯定会记住这件事的，以后也许会懂得尊重乘客。"

吃饭时，落座篠挑选的小馆，她很熟练地点了招牌菜。篠说此次回国，除了见老朋友，最重要的是让自己的胃享享福，它被洋餐折磨得太久太痛苦了。菜上得很快，好像是自己的厨艺。篠一个劲儿地劝我品尝，我一吃，果然不错。轮到篠笑眯眯地动了筷子，入了口，脸上却变了颜色，招来服务员。

"你们掌勺的大厨，是不是得了重感冒？不舒服，休息就是，不宜再给客人做饭。"篠很严肃地说。

服务员一路小跑去了操作间，很快回来报告说："掌勺的人很健康，没有病。"她一边说着，一边脸上露出嫌篠多此一举的神色。

我也有些怪篠，你也不是防疫站的官员，管得

真宽。忙说："快吃快吃，要不菜就凉了。"

朦又夹了一筷子菜，仔细尝尝，然后说："既然大厨没生病，那就一定是换了厨师。这菜的味道和往日不一样，盐搁得尤其多。我原以为是厨师生了感冒，舌苔黄厚，辨不出咸淡，现在可确定是换了人。对吗？"她征询地望着服务员。

服务员一下子萎靡起来，又有几分佩服地说："您的舌头真是神。大厨今天有急事没来，菜是二厨代炒的。真对不起。"

服务员的态度亲切可人，我觉得大可到此为止。不想朦根本不吃这一套，缓缓地说："在饭店里，是不应该说'对不起'这几个字的。"

朦说："如果我享受了你的服务，出门的时候，不付钱，只说一声'对不起'，行吗？"

服务员不语，答案显然是否定的。

朦循循善诱地说："在你这里，我所要的一切都是付费的。用'对不起'这种话安慰客人，不做实质的解决，往轻点儿说，是搪塞，重说，就是巧取豪夺。"

这时一个胖胖的男人走过来，和气地说："我是这里的老板，你们的谈话我都听到了，有什么要求，就同我说吧。是菜不够热，还是原料不新鲜？您要是觉得口感太咸的话，我这就叫厨房再烧一盘，您以为如何？"

我想，䑃总该借坡下驴了吧。没想到䑃说："我想少付你钱。"

老板压着怒火说："菜的价钱是在菜谱上明码标了的，你点了这道菜，就是认可了它的价钱，怎么能吃了之后砍价呢？看来您是常客，若还看得起小店，这道菜我可以无偿奉送，少收钱却是不能开例的。"

䑃不慌不忙地说："菜谱上是有价钱不假，可那是根据大厨的手艺定的单，现在换了二厨，他的手艺的确不如大厨，你就不能按照原来的定价收费。因为你付给大厨的工钱和付给二厨的工钱是不一样的。既然你按他们的手艺论价，为什么到了我这里，就行不通了呢？"

话被䑃这样掰开揉碎一说，理就是很分明的事了，于是，䑃达到了目的。

和䑃进街上的公共厕所，䑃感叹地说："真豪华

啊，厕所像宫殿，这好像是中国改变最大的地方。"

女厕所里每一扇洗手间的门都紧闭着，女人们站在白瓷砖地上，看守着那些门，等待轮到自己的时刻。

我和蕹各选了一列队伍，耐心等待。我的那扇门还好，不断地开启关闭，不一会儿就轮到了我。蕹可惨了，像阿里巴巴不曾说出"芝麻开门"的口诀，那门总是庄严地紧闭着。我受不了气味，对蕹说了声："我到外面去等你啊。"便撤了出去。等了许久，许多比蕹晚进去的女人，都出来了，蕹还在等待……等蕹终于解决问题了以后，我对蕹说："可惜你站错了队啊。"

蕹嘻嘻笑着说："烦你陪我去找一下公共厕所的负责人。"

我说："就是门口发手纸的老大妈。"蕹说："你别欺我出国多年，这点儿规矩还是记得的。她管不了事。我要找一位负责公共设施的官员。"

我表示爱莫能助，不知道这类官司是找环保局还是园林局（因为那厕所在一处公园内）。蕹思索了片刻，找来报纸，毫不犹豫地拨打了上面刊登的市长电话。

我吓得用手压住电话叉簧，说："蕹你疯了，太不注意国情！"

蕹说："我正是相信政府是为人民办事的啊。"

我说："一个厕所，哪里值得如此兴师动众？"

朦说："不单单是厕所，还有邮局、银行、售票处等，中国凡是有窗口和门口的地方，只要排队，都存在这个问题。每个工作人员速度不同，需要服务的人耗时也不同，后面等待的人不能预先获知准确信息。如果听天由命，随便等候，就会造成不合理、不平等、不公正……关于这种机遇的分配问题，作为个人调查起来很困难，甚至无能为力。比如，我刚才不能一个个地问排在前面的女人，你是解大手还是解小手，以确定我该排在哪一队后面……"

我说："朦你把一个简单的问题说得很复杂。简明扼要地告诉我，你打算在厕所里搞一场什么样的革命？"

朦说："要求市长在厕所里设条一米线，等候的人都在线外，这样就避免了排错队的问题，提高效率，大家心情愉快。北美就是这样的。"

我说："朦，你在国内还会上几次厕所？还会给谁寄钱或取邮件？我们浸泡其中都置若罔闻，你又何必这样不依不饶？你已是一个北美人，马上就要回北美去，还是到那里安稳地享受你的厕所一米线吧。"

朦说："这些年，我在国外，没有什么本事，就是买买东西上上街。我不像别的留学生回国，有很多报效国家的能力。我只是一个家庭妇女，觉得那里有些比咱高明的地方，就想让这边学了来。这几天我让你们陪我，是想让你们明白我的心。我不是英雄，没法振臂一呼，宣传我的主张；也不是作家，不会写文章，让更多的人知道我的想法。我只有让你们从我看似乖张的举动里，感觉到这世上有一个更合理的标准存在着，可以学习借鉴。"

我为艨的苦心感动，但还是说："就算你说得有理，这些事也太小了。要知道，中国有些地方连温饱都没有解决啊。"

艨说："我对中国充满信心。温饱解决之后，马上就会遭遇这些问题。对于普通人来说，我们流泪，有多少是为了远方的难民？基本上都是因为眼睛里进了沙子。身边的琐事标志着文明的水准。现代化不是一个空壳，它是一种更公正更美好的社会。"

我把压在电话叉簧之上的手指松开了，让艨去完成找市长的计划。那个电话打了很长，艨讲了许多她以为中国可以改进的地方，十分动情。

分手的时候，艨说："有些中国人入了外国籍以后，标榜自己是个'香蕉人'，意思是自己除了外皮是黄色的，内心已变得雪白。而我是一个'杧果人'。"

我说："'杧果人'，好新鲜。怎么讲？"

艨说："杧果皮是黄的，瓤也是黄的。我永远爱我的中国。"

# 10

# 向大珍珠母贝和好葡萄学习

C

文 毕
集 淑
〉 敏

如果一个女人的招牌菜不是美貌而是善良，那么她的魅力可以持续到生命结束之前，只要她不得老年痴呆症或者成为植物人。

在大洋洲，生活着一种大珍珠母贝。珍珠是世界上唯一来自活体的生物——牡蛎的宝石。牡蛎已经进化了五亿年。一只勤奋工作的大珍珠母贝，在八年的寿命中，可以繁育出四颗珍珠。随着牡蛎年龄的增长，它所能容纳的珍珠也越来越大。这就是说，到了生命的晚期，这只牡蛎就有可能孕育出它这一生中最大的珍珠。

我希望年老的女人都如同大珍珠母贝，光彩熠熠，也如同厚重铺排的织锦缎，安然华贵，不炫目，但可以收藏。不时抚摸着，粗糙的指肚勾连起陈年的丝缕，带出织就时的润泽。

女人年过三十，就要学会接受自己的容貌走下坡路的这个事实。就像花瓣要接受凋零，越是盛极一时倾国倾城的美丽，越要面对春风不再的年轮变化。首先在理论上不害怕，然后在时间上安然接纳。人出生在这世界上，并不是一件成品。你的很多方面，还有待完善。变老是完善的工序之一。

三毫米的旅程，一颗好葡萄要走十年。这是一句广告语。想想看，一粒吹弹得破的葡萄都如此坚韧不拔，要从一个青葱少女变成睿智妇人，没有几十年的历练，恐也难修成正果——向葡萄好好学习。

上天赐予没有强壮肌肉的女子两样战无不胜的伟大礼物，那就是思索和时间。

由于气候、智力、精力、趣味、年龄、视力等方面的原因，人的先天平等是永远不可能的。所以，不平等应该被认作颠扑不破的自然规律，但我们可以把这不平等变得不易觉察，就像我们把鱼和熊掌之间的差异慢慢磨平一些——说句实在话，我总觉得鱼和熊掌不在一个数量级上，不知道是不是远古的时候鱼比较少、熊掌比较多。

磨平沟壑，文化和教育能起很大的作用。女子要把学习当成最好的娱乐。学得多了，你就慢慢开始了思考。女子不要视时间为敌人，给自己一个良好的预言，你会惊奇地发现，希望之花一朵朵开放。

生活对女人的要求越来越高。你不但要像袋鼠一样敏捷跳跃寻找食物，还要有一个温暖的育儿袋。

很多受伤的女人像一只疲倦的海鸟，她们飞了那么远的路，在羽翼低垂、嘴角渗血的时候，仍然要不顾一切地回到自己的巢，呵护自己的幼雏。

对这样的女人，我们深深鞠躬。

## 11.
# 女孩，请与我同行

毕淑敏文集〈〉

　　那天，说好晚上九点到广播电台，直播一个呼唤真情的节目。都怪我临走时又刷了刷碗，出门比预定时间晚了五分钟。大城市里似乎活动着一条诡谲的规律，假如你晚了半步，就像跌入了黑暗的潜流，步步晚下去，所有的事物都开始和你作对。

　　我家门口是交通要道，平日打的，易如反掌。但此刻仿佛全北京的人都拥挤在出租汽车上，奔驰而来的汽车没有一辆亮出"空驶"的红灯。时间在焦急的等待中转瞬即逝，我急得头上热气腾腾。

　　顾不得往日的矜持，我跳到马路中央拦车。可惜每一辆迎面驶来的出租汽车的窗玻璃上都黑压压地涂满了人，任凭我将手臂摇得像风雨中的旗杆，车群还是拐着弯呼啸而过。

我想，也许我站的地方不理想，就向路口逼近，最后简直戳到红绿灯底下了。

现在，是最后的时限了。假如我再搭不上车，直播室里将留下一幅焦灼的空白。我无法设想那边即将到来的慌乱情景，只是疯狂地向每一辆的士招手。

突然，一辆红色的夏利出租车从天而降，稳稳地停在了我的身旁。司机是一个快活的小伙子，他露着一口白牙微笑着问我："您到哪里去？"

我伸手拉开车门，上了车报出地名。猛然一个尖锐的女声撕破了我们的耳鼓："你怎么问她不问我？是我先看到你的，是我先挥手的。这是我拦的车，该我上的……"

我们都愣了，看着这从一旁杀出的女孩。她穿着一身银粉色的连衣裙，夜风吹起裙裾，像套着一柄漂亮而精巧的阳伞。

略一思索，就明白了眼前的事态。女孩刚来到人行道上挥手拦车，车就停了。她以为这是她的功劳。

来不及同她做太多的解释，甚至不想分辨究竟是谁先举起的手（其实很简单，只要问一问司机就真相大白）。我只是想，既然我们在同一方向拦车，大目标就是一致的。于是问她："小姐，您到哪里？"

她不屑于理我，对着司机报出了她的目的地。

司机轻松地说："我正不知道怎么回答您呢，这下好了，你俩顺路，您先到，那位女士后到。谁也不耽误……"

我敞着车门对她说："小姐，谁拦的车已经无所谓了，要紧的是我们赶快上路。对不起，我的确有急事，来不及再拦别的车了。既然我的路远，车费就由我来付。小姐，快上车吧，请与我同行。"

美丽的小姐掏出高雅的钱夹，也是娇艳的粉红色，对司机说："钱，我有的是。我从没习惯同别人坐一辆出租车。你请她下去，我多付你钱。"

我突然感到异乎寻常的寒冷，在这春意荡漾的夜晚。

那一瞬，我漠然向隅缄口无言。要是司机撵我下车，我只有乖乖地下去。就是过后义愤填膺地举报车号，司机也完全可以不认账，说他是先看到粉红色小姐后看到的我，这便是死无对证的事。况且按照我待人处世息事宁人的习惯，也绝不会打上门去告谁。

在那个时刻，甚至连广播电台的直播都茫然地离我远去。在人与人之间如此隔膜的今日，温情的呼吁是多么苍白微弱。

我抱着肘，怕冷似的等待着，等待一个陌生人的裁决。

Ex-Libris

司机对小姐说："我当然愿意多挣点儿钱啦。您忙吗？"

小姐嫣然一笑说："我不忙。就是晚饭后遛遛弯儿。"她很自信地看着司机，对自己的魅力毫不怀疑。

我已经做好了下车的准备，听见司机对小姐说："既然您不忙，那我就先送这位女士了。您再打别的车好吗？"

说着，他发动了引擎，夏利像一颗红色的保龄球，沿着笔直的长安街驶去。

女孩粉红色的身影，像一瓣飘落的樱花，渐渐淡薄。

我很想同司机说点儿什么，可是说什么呢？感谢的话吗？颂扬的话吗？在这车水马龙的都市里，似乎都被霓虹灯的闪烁淹没了。

"像这样的事多吗？"我终于说了。

"什么事？"他转动着方向盘，目视前方。

"就是同一方向行驶的乘客，却不愿搭乘。"

"多。挺多。其实同方向搭乘，既省了钱，又省了油，还省了时间，不消说还减轻了城市的交通污染。可是，有许多人就是不愿搭乘。不过一般人不愿合着坐，不坐就是了。像今天这位小姐，公然用钱来逞强的人，也不多。"司机一边说着，一边灵巧地避让着车流。

我轻轻地叹了一口气，问他也是问自己："人哪，为什么要这样喜好孤独？"

正巧前面是一盏红灯，司机拨弄着一个用作装饰的金"福"字，平静地说："因为他们有时间，因为他们有钱。"

绿灯像猫头鹰的眼一般亮了。他一踩油门，车又箭矢般前进。一路上，我们再无交谈。

到达北京人民广播电台，离预定的直播时间还有五分钟。

我急急地把一张整币递给他，甩上车门就往楼里跑，那一道道进直播间的手续颇为费时。

司机在后面喊："还没找您钱呢！"

我头也不回地说："不用找了。别在意，那不是奖你的，是我没时间了。如果你不忙，待会儿请打开收音机，会听到我在节目里说起你……"

我不知道司机是不是听到了我的话，更不知道那朵粉红色的樱花，在坐着另一辆出租汽车兜风的时候，听到了我的呼唤没有。

我在说——女孩，请与我同行。

# 12

# 柔和的力量

毕淑敏文集〈一〉

女人比男人更需要智慧，因为她们是更柔软的动物。智慧是优秀女人贴身的黄金软甲，救了自身，才可救旁人。没有智慧的女人，是一种遍体透明的藻类，既无反击外界侵袭的能力，又无适应自身变异的对策，她们是永不设防的城市。智慧是女人纤纤素手中的利斧，可斩征途的荆棘，可斫身边的赘物。面对波光诡谲的海洋，智慧是女儿家永不凋谢的白帆。

优秀的智慧的女性，代表人类的大脑半球，对世界发出高亢而略带尖锐的声音，在每一面山壁前回响。

但女人难得智慧。她们多的是小聪明，乏的是大清醒。过多的脂粉模糊了她们的眼睛，狭隘的圈

子拘谨了她们的想象。她们的嗅觉易在甜蜜的语言中迟钝，她们的脚步易在扑朔的路径中迷离。智慧不单单是天赋的独生女，她还是阅历、经验、胆魄三位共同的学生。智慧是一块璞，需要雕琢，而雕琢需要机遇。

不是每一块宝石都会璀璨，不是每一粒树种都会挺拔。

我是一个保守的农人，面对一块贫瘠土地上的麦苗，实在不敢把收成估计得太好。智慧的女人通常比我们想象的要少。

优秀的女人还需要勇气，在这颗小小的星球上，什么矛盾都不存在了，男人和女人的矛盾依然欣欣向荣。交战的双方永远互相争斗，像绳子拧出一道道前进的螺纹。假如你是一个优秀的女人，无论你朝哪个领域航行，或迟或早地都将遭遇这个世界上最优秀的男人，不要奢望有一处干燥的麦秸可供你依傍，不要总在街上寻找古旧的屋檐避雨。当你不如一个男人的时候，他会宽宏大量地帮助你；当你超过一个男人的时候，他会格外认真地对抗你。这不知是优秀女人的幸还是不幸？善良的、智慧的、有勇气的女人，要敢在黑暗的旷野独自唱着歌走路，要敢在没有桥没有船也没有乌鸦的野渡口，像美人鱼一般泅过河。

这个比例有多少?

望着越来越稀疏的队伍,我真不忍心将筛孔做得太大。但女人天性胆小,就像含羞草乐意把叶子合起来一样。你不能苛求她们。

现在,在漫长阶梯上行走的女人已经不多了。

最后,让我们来说说美丽吧。

在这样艰苦的跋涉之后再来要求女人的美丽,真是一种残酷,犹如我们在暴风雨以后寻找晶莹的花朵。

但女人需要美丽。美丽,是女人最初也是最终的魅力。不美丽的女人辜负了造物主的青睐,她们不是世上的风景,反倒成了污染。

何为美丽,一千个人有一千种说法。我只能扔出我的那一块砖。

美丽的女人,首先是和谐的。面容的和谐,体态的和谐,灵与肉的和谐。美丽,并非一些精致巧妙的零件的组合,而是一种整体的优美,甚至缺陷也是一种和谐,犹如月中的桂影。那不是皓月引发无数遐想最确实的物质基础吗?和谐是一种心灵向外散发的光辉,它最终走向圣洁。

美丽的女人,其次应该是柔和的。太辛辣、太喧嚣的感觉不是美,而是一种刺激。优秀女人的美丽像轻风,给世界以潜移默化的温馨。当然它也可

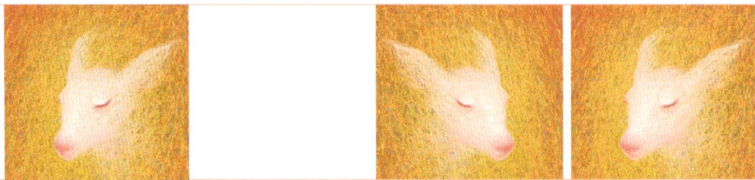

　　容纳篝火一般的热情。可是你看，跳动的火苗舒卷的舌头是多么的柔和，像嫩红的枫叶，像浸湿的红绸，激情的局部仍旧是细致而绵软的。

　　美丽的女人，应该是持久的。凡稍纵即逝的美丽，都不是属于人，而是属于物的。美丽的女人少年时像露水一样纯洁，年轻时像白桦一样蓬勃，中年时像麦穗一样端庄，老年时像河流的入海口，舒缓而磅礴。

　　美丽的女人经得起时间的推敲。时间不是美丽的敌人，只是美丽的代理人。它让美丽在不同的时刻呈现出不同的状态，从单纯走向深邃。

　　女人的美丽不是只有一根蜡烛的灯笼，它是可以不断燃烧的天然气。时间的掸子轻轻扫去女人脸上的红颜，但它是有教养的，还女人一件永恒的化妆品——叫作气质，可惜有的女人很傻，把气质随手丢掉了。

也许可以说，所有美好的女人都是美丽的。

我在女性的群体里砌了一座金字塔，它是我心目中的女性黄金分割图。

这样一路算下来，优秀的女人多乎哉？不多也。

是不是我的比例过于苛刻？是不是我对世界过于悲观？是不是我看女人的暗影太多？是不是优秀和平庸原不该分得太清？

现代的世界呼唤精品。女士们买一个提包都要求质量上乘，为什么我们不寻求自身的优秀？

优秀的女人也像冰山，能够浮到海面上的只有庞大体积的几十分之一。精品绝不会太多，否则就是赝品或大路货了。

难道女人不该像拥有眼睛一样拥有善良吗？难道没有智慧的女人不是像没有翅膀的鸟儿一样无法翱翔？难道坚忍不拔、果敢顽强对于女人不是像衣裳一般重要？难道女人不是像老妪爱惜自己的最后一颗牙齿一样爱惜美丽？

让我们都来力争做一个优秀的女人吧。为了世界更精彩，为了自身更完美，为了和时间对抗，为了使宇宙永恒。

# 13

# 淑女书女

毕淑敏
文集 ＞＞

假若刨去经济的因素，比如想读书但无钱读书的女子，天下的女人，可分成读书和不读书两大流派。

我说的读书，并不单单指曾经上过小学中学大学硕士博士，读过的一本本的教材。严格地讲起来，教材不是书。好像司机的学驾驶和行车、厨师的红白案和刀功一样，是谋生的预备阶段，含有被迫操练的意味。

我说的读书，基本上也不包括报纸和杂志，虽然它们都印有字，按照国人"敬惜字纸"的传统，混进了书的大范畴。那些印刷品上，多是一些速朽的信息，有着时尚和流行的诀窍。居家过日子的实用性是有的，但和书的真谛还是有些差异。

好书是沉淀岁月冲刷的沙金，很重，不耀眼，却有保存的价值。它是地球上曾经生活过的那些智慧的大脑，在永远逝去之前自摄下的思维照片。最精华的念头，被文字浓缩了。好像一锅灼热久远的煲汤，濡养着后人的神经。

书对于女人的效力，不像睡眠。睡眠好的女人，容光焕发。失眠的女人，眼圈乌青。读书的女人和不读书的女人，在一天之内是看不出来的。

书对于女人的效力，也不像美容食品。滋润得好的女人，驻颜有术。失养的女人，憔悴不堪。读书的女人和不读书的女人，在三个月之内，也是看不出来的。

日子是一天天地走，书要一页页地读。清风朗月水滴石穿，一年几年一辈子地读下去。书就像微波，从内向外震荡着我们的心，徐徐地加热，精神分子的结构就改变了，成熟了，书的效力才能凸显出来。

读书的女人，更善于倾听，因为书训练了她们的耳朵，教会了她们谦逊。知道世上多聪慧明达的贤人，吸收就是成长。

读书的女人，更乐于思考。因为书开阔了她们的眼界，拓展了原本纤细的胸怀。明白世态如币，有正面也有反面，一厢情愿只是幻想。

读书的女人，更勇于决断。因为书铺排了历史的进程，荟萃了英雄的业绩，懂得有得必有失，不再优柔寡断、贻误战机。

读书的女人，更充满自信。因为书让她们明辨自己的长短，既不自大，也不自卑。既然伟人们也曾失意彷徨，我们尽可以跌倒了再爬起来，抖落尘灰向前。

读书的女人，较少持续地沉沦悲苦，因为晓得天外有天、乾坤很大。读书的女人，较少无望地孤独惆怅，因为书是她们招之即来、永远不倦的朋友。读书的女人，较少怨天尤人、孤芳自赏，因为书让你牢记个体只是恒河沙粒沧海一粟。读书的女人，较少刻毒与卑劣，因为书中的光明，日积月累浸染着节操，鞭挞着皮袍下的"小"……

淑字，温和善良美好之意。好书对于女人，是家乡的一方绿色水土。离了它，你自然也能活。但与书隔绝的日子，心无家园。半生过下来，女人就变得言语空虚、眼神恍惚、心胸狭窄、见识短浅了。

淑女必书女。

# 14

# 素面朝天

毕淑敏

文集

素面朝天。

我在白纸上郑重写下这个题目。丈夫走过来说，你是要将一碗白皮面对天空吗?

我说，有一位虢国夫人，就是杨贵妃的姐姐，她自恃美丽，见了唐明皇也不化妆，所以叫——

丈夫笑了，说，我知道，可是你并不美丽。

是的，我不美丽。但素面朝天并不是美丽女人的专利，而是所有女人都可以选择的一种生存方式。

看看我们周围。每一棵树，每一叶草，每一朵花，都不化妆。面对骄阳，面对暴雨，面对风雪，它们都本色而自然。它们会衰老和凋零，但衰老和凋零也是一种真实。作为万物灵长的人类，为何要

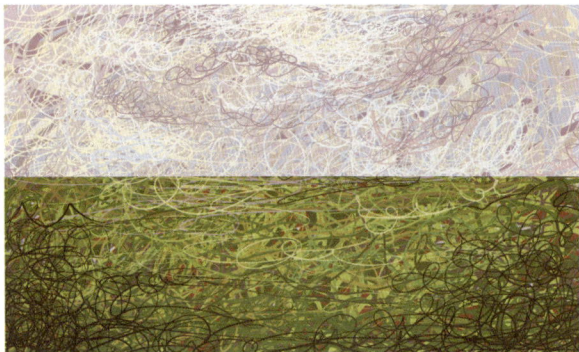

将自己隐藏在脂粉和油彩的后面?

　　见一位化过妆的女友洗面，红的水黑的水蜿蜒而下，仿佛被洪水冲刷过后水土流失的山峦。那个真实的她，像在蛋壳里窒息得过久的鸡雏，渐渐苏醒过来。我觉得这个眉目清晰的女人才是我真正的朋友。片刻前被颜色包裹的那个形象，是一个虚伪的陌生人。

　　脸，是我们与生俱来的证件。我的父母，凭着它辨认出一脉血缘的延续；我的丈夫，凭着它在茫茫人海中将我找寻；我的儿子，凭着它第一次铭记住了自己的母亲……每张脸，都是一本生命的图谱。连脸都不愿公开的人，便像揣着一份涂改过的证件，有了太多的秘密。所有的秘密都是有重量

的。背着化过妆的脸走路的女人，便多了劳累，多
了忧虑。

化妆可以使人年轻，无数广告喋喋不休地告诫
我们。我认识的一位女郎，盛妆出行，艳丽得如同
一组霓虹灯。一次半夜里我为她传一个电话，门开
的一瞬间，我惊愕不止。惨亮的灯光下，她枯黄憔
悴如同一册古老的线装书。"我不能不化妆。"她
后来告诉我，"化妆如同吸烟，是有瘾的。我已经
没有勇气面对不化妆的自己。化妆最先是为了欺
人，之后就成了自欺，我真羡慕你啊！"从此我对
她充满同情。

我们都会衰老。我镇定地注视着我的年纪，犹
如眺望远方一面渐渐逼近的白帆。为什么要掩饰这
个现实呢？掩饰不单是徒劳，首先是一种软弱。
自信并不与年龄成反比，就像自信并不与美丽成
正比。勇气不是储存在脸庞里，而是掌握在自己手
中。化妆品不过是一些高分子的化合物、一些水果
的汁液和一些动物的油脂，它们同人类的自信与果
敢实在是不相干的东西，犹如大厦需要钢筋铁骨来
支撑，而绝非几根华而不实的竹竿。

常常觉得化了妆的女人犯了买椟还珠的错误。
请看我的眼睛！浓墨勾勒的眼线在说。但栅栏似的
假睫毛圈住的眼波，却暗淡犹疑。请注意我的口

唇！樱桃红的唇膏在呼吁。但轮廓鲜明的唇内吐出的话语，肤浅苍白……化妆以醒目的色彩强调以至强迫人们注意的部位，却往往是最软弱的所在。

磨砺内心比油饰外表要难得多，犹如水晶与玻璃的区别。

不拥有美丽的女人，并非也不拥有自信。美丽是一种天赋，自信却像树苗一样，可以播种，可以培植，可以蔚然成林，可以直到地老天荒。

我相信不化妆的微笑更纯洁而美好，我相信不化妆的目光更坦率而真诚，我相信不化妆的女人更有勇气直面人生。

假若不是为了工作，假若不是出于礼仪，我这一生将永不化妆。

# 15

# 致不美丽的女孩子

毕
淑
敏
文
集
〜
〜

有一天，我收到了一封读者来信，撕开之后，落下来一张照片。先看了照片，没什么特别的感觉，待看了信件之后，心脏的部位就有些酸胀的感觉。我赶快伏案，写了一封回信（是手写的，不是用电脑打出来的。我在回信这件事上，坚持手工操作）。

现在征得那位女孩子的同意，把她的信和我的回复一并登出来，但愿她的父母会看到。

毕阿姨：

您好！

我有一个痛入心肺的问题。我的爸爸妈妈都长得很好看，简直就是美女和帅哥的超级组合（他们那个年代还没有这样时髦的词，好像用的是"秀

丽"和"精干"这两个形容词）。人们都以为他们会生出一个金童玉女来，可惜我就恰恰取了他们的缺点组合在一起了，长得一点儿也不漂亮。我从小就习惯了人们见到我时的惊讶——哟，这个小姑娘长得怎么一点儿也不像她的爸爸妈妈啊！最令人伤感的是，我爸爸妈妈也经常会这么说，同时面露极度的失望之色。为此，我非常难过，也不愿和他们在一起走。现在唯一的希望就是他们快快老起来，那时候，他们就不会太好看了，而我还年轻，是不是可以弥补一下先天的不足啊？您说呢？寄上一张我的照片，但愿不会吓着您。

肖晓

**肖晓：**

你好！

我看到了你寄来的照片，情况不像你说的那样悲惨啊！相片上，你是一个很可爱很阳光的少女哦！也许你的父母真是美男子和美女的超级组合（遗憾你没有寄来一张合影，那样的话，我也可以养养盯着电脑太久而昏花的双眼了），在这样的父母笼罩之下，真是很容易生出自卑的感觉，此乃人之常情，你不必觉得这是自己的错。不过，如果你的父母也这样埋怨你，你尽可以据理力争。找一个至爱亲朋大聚会的场合，隆重地走到众人面前，一本正经地说，嘿，大家请注意，我是一件产品，内在的质量还是很好的，至于外表，那是把我制造出来的设计师的事，你们如果有意见，就找他们去提吧，或者把产品退回去要求返修，把外观再打磨一下。但愿当你说完这番话之后，大家会面面相觑，微笑着不再说什么了。

人们总是非常愿意评价他人的长相，有时单凭长相就在第一时间做出若干判断。这也许是从远古时代就流传下来的一种近乎本能的习惯，那时候的人会凭借着长相判断对方和自己是不是同属于一个部落和宗族，是不是有良好的营养和体力，甚至性情和脾气也能从面部皱纹的走向看出端倪来。现代人有了很多进步，但在以貌取人这方面，基本上还在沿用旧例，改变不大。有一句流传很广的话是这样说的——人的长相这件事，在三十五岁之前是要父母负责的，但在三十五岁之后就要自己负责了。我有时在公园看到面目慈祥很有定力的老女人，心中就会充满了感动。要怎样的风霜才能勾勒出这样的线条和风采，我们看到的不再是先天的美貌桑叶，它们已经被岁月之蚕噬咬得只剩下筋络，华贵属于天地的精华和不断蜕皮的修炼。

从相片上看你还很年轻，长相的公案，目前就推给你的父母吧。我希望你健康地长大，但中年以后的事恐怕就要你自己负责了。如果你实在不想再听这些议论了，唯一的办法是找到一卷无边无际的胶带，牢牢地封住他们的嘴巴。看到这里，我猜你会说，你开的这个方子好是好，可我现在到哪里去找那卷无边无际的胶带呢？就是找到了，我能不能买得起？

这卷胶带在哪里，我也不知道。它是怎样的价钱，我也不知道。找找看吧，到网上搜索一番，请大家一齐帮忙找。如果实在是上穷碧落下黄泉也找不到，就只有最后一个法子，那就是让人们说去吧，你可以我行我素，依然快乐和努力地干自己想干的事。

# 16

# 深圳女"牙人"

毕淑敏
文集

起因是我在那家五星级的酒店里不好好走路，东张西望，看了那扇紧闭的小门一眼。

就在我张望的那一瞬，小门突然开了，我看见许多如花似玉的女孩端端正正地坐在里面，全神贯注地听一位女士讲着什么。

在特区，美丽的女孩不算稀奇，好像全中国的美女都集中到这里了，她们要以自己的青春、美貌、智慧和胆略换取更多的地位与金钱。除了那些使用不正当手段的，一般来说，我很钦佩她们，但她们脸上的神情打动了我。小门后面是一间宽敞豪华的多功能厅，排着桌椅，好像临时布置的课堂，不知在传授着什么诀窍，她们沉迷得如醉如痴。

恰在此时，那位主讲的女士回了一下头，我清晰完整地看到了她的形象。她穿一身"梦特娇"的黑丝裙，泛着华贵高雅的光华。但是，她长得好丑啊！两只距离很远的鼓眼睛，架着烧饼一般厚重的大眼镜，很像一个先天愚型的脸庞。特别是她的牙齿，猛烈地向前凸，好像随时要拱什么东西吃，人们俗称这种人为：龅牙齿。

但是，有一种威严像光环一样笼罩在她的周身，使课堂上所有的靓丽女子都屏气凝神地听她讲课。她叫起一个非常娇美的女孩，说："你讲讲，听了我的课，你以后打算每月挣多少钱？"

那个女孩很有魄力地说："我以前在政府当文员，每月薪水1500元。我既然干了这一行，起码收入要翻一番，每月3000元，我想差不多。"

龅牙女士问："大家觉得怎样？"女孩们窃笑着，表示赞同。

龅牙女士一字一句地说："假如你们有一天挣到刚才说的那个数，就是每月3000元，我对你们有一个要求，就是无论走到哪里，无论什么人问起，你们都不要说是我的学生。这太丢人了！你们每个月最少要计划挣到1万元。"

全场大骇。

就在这一刻，我萌发了采访龅牙女士的愿望。

她是一位专做金融期货的交易所经纪人，是资深的行家里手。

经纪人是一个陌生的名称，是在商品交换中专门从事介绍交易，以获取佣金的中间人。古称"牙人"，专门为买方和卖方牵线搭桥。在欧美等经济发达国家，经纪人行业极为发达。随着我国改革开放事业的发展，新的经纪人也从东方古老的地平线升起来了。

龅牙女士要同世界上几个大的交易所同步工作，由于时差，每天都干到夜里2点，上午还要分析路透社的电讯，我们只有利用共进午餐的时间交谈。

奢华典雅的西餐厅，枝形吊灯像一树金苹果，在我们头顶闪耀。

我特地带了几百块钱预备做东，心里忐忑着，不知这位腰缠万贯的富豪小姐会不会消费出我的预算！没想到，她玉手一挥说："今天我做东。"

我说："那怎么好意思？已经浪费了您的时间，再要您破费，不是太说不过去了？"她说："不要争了，我喜欢做东，喜欢最后一招手叫小姐埋单的豪迈。我要谢谢你给了我这样一个机会。"说罢，她详细地问了我的喜好，为我点了法国蜗牛、水鱼汤、甜点和一客叫"雪山火焰"的冰激凌，而她自己只要了一份行政午餐。

面对这样的小姐，你还能说什么？我只有精心

地用钳子去夹蜗牛。见她的脸色不大好，我关切地问她："是不是病了？"

不想这一句，她的脸色空前地红润起来。"昨天晚上累的呀！"她说，"日本细川内阁总理辞职，引起美元对日元汇率比价的大动荡。昨天晚上我不断地下单子，所有的单子都在赚。一夜间，我为我的客户赚了15万美元，所以现在神经还松弛不下来。"

我瞠目结舌。"那您也能得不少报酬吧？"我问。

"没有。一分都没有。"龅牙女士平静地回答我，"除了应有的佣金，无论我们为客户赚了多少钱，我们都拒绝接受额外的报答。"

"为什么？您毕竟是用自己高超的智慧为他赚了

大钱啊！出于人之常情，也该这么办事的。"我说。

"我们是在用客户的钱做生意，事先已经说好了固定的佣金，其余赚了的钱自然都是客户的。我们每一笔账目都是有据可查的，不能多拿一分。这是我们这一行的职业道德。"龅牙女士很仔细地吃她的蛋炒饭，以同样的仔细回答我的问题。

我说："既然你们为客户赚不赚拿的佣金都是一定的，那你们会不会不认真做呢？"

她说："不会。干这一行需要很强的责任心，如果你不认真，老给你的客户赔钱，他就不让你做了，你的坏声名就传出去了。你就是想做，也做不下去了。我们也像老字号一样，有自己的声誉呢。比如我，客户就多得很，遍布全国。一般的小客户我是不接的。"龅牙女士颇为自豪地说。

我频频点头，突然出其不意地问："您现在当然是门庭若市了啊，可是从前呢？您初出市的时候，人们也这么抢您吗？"

她陷入了沉思……我替那时的她发愁。

"是啊。我这个人别的本事不敢说有多少，但绝对有勇气。我翻电话簿子专找那些有名的大公司，指名点姓地要见总经理。我说：'我给你们送来了一个绝好的发财机会，就看你们能不能抓住。'"

"结果呢？"我替她捏了一把汗。

"结果是我打了400个电话，只有一个总裁愿意当面听我说说关于期货的投资问题。"

"后来呢？"我简直有点儿紧张了。因为我知道女人给人的第一面感官印象是多么重要，龅牙女士这么不扬的外貌，纵使她再踌躇满志，只怕人家一见了她的面孔，也要三思而行。更不消说大公司里簇拥着花团锦绣的小姐，让她们一陪衬，龅牙女士非无地自容不可。

我试探着说："全国最美的佳丽云集特区，您在工作中有无感到压力？"

她优雅地笑了，暴起的牙略略收敛了一些。"你是说我长得有些困难，是不是？"她一针见血地说。

我也索性开门见山："是啊，心灵美自然是很宝贵的，但外貌美在初次打交道里，也非常重要。特别是在特区，特别是对女人。"我有些残酷地指出这一点，且看她如何作答。

她爽朗地大笑，全然不顾"女人笑不露齿"的古训，况且她的牙始终不屈不挠地暴凸在外面，就是想掩藏也是徒劳。笑罢，她很严肃地说："你说错了。特区以貌取人不假，但那是指的衣着之貌，而非相貌之貌。我长得这个样子，不但未使我的工作受挫，反倒帮了我的大忙。"

看我不解，她接着说："第一，假如你在特区看到一个非常美丽的女子，同你探讨投资的事，你的第一个念头肯定是，她没准儿是个骗子。老板可能乐意同她搭讪，跳舞或喝咖啡，但绝对不放心把钱交到她手里。我出马的时候，就免了这样一层猜度。第二，假如哪个漂亮的女人做成了什么事业，人们首先怀疑她是否利用了自己的美色，而对她的真才实学持考察态度。她在无形中先失去了人们的信任，而我则得天独厚。第三，中国人很相信老祖宗留下来的话，人人都会说：'人不可貌相，海水不可斗量。'一般人看到我这样一个貌丑的女人，竟敢气宇轩昂地走进写字楼，几乎不容置疑地判定我有超人的技艺，对我另眼看待。第四，我要见到总经理、总裁这一类的角色，免不了要同秘书小姐打交道。特区的秘书小姐往往是多功能的，这我不说你也知道。她们对来访的女宾警惕性格外的高，尤其是靓女，但是，她们对我天生不设防，甚至还怀着淡淡的怜悯，这为我的工作提供了不少方便。我在心里暗暗地对她们说：'其实你们不过是老板的雇员，而我则是他的伙伴——投资顾问。我的价值要高得多。'第五，免去了许多人的想入非非。这一点我不解释，你可以明白的，因此，我得以潜心研究期货操作的理论与实践。我对这一行充满了热爱与投入……"

面对她钢铁一样的谈话逻辑，我心悦诚服。

面对这样一个既很丑也不温柔的龅牙女子，你会觉得她的灵魂高贵而倔强。

我说："你也是一种女人的典范呢。"

她矜持地微笑说："你不要夸我，我正准备教那些新来的女孩学坏。"

我骇了一跳。我已知道那些女孩是期货代理公司新招聘的经纪人，经过刻苦的学习，就要开始正式工作了。龅牙女士说："你不要惊奇，我主要是教会她们享受。她们必须买名牌的西装，以保持永远仪表高雅。必须每天都用名贵化妆品，以使自己的面部看起来容光焕发。出门必须打的，绝不能去挤公共大巴。她们必须学会进高档歌舞厅，借剧烈的体力运动宣泄掉白日脑力工作的紧张。她们必须吃正规的中餐或西餐，绝不允许在大排档上凑合吃一碗云吞或摊个煎饼……"

我说："想不到，你还这样事无巨细地关心女经纪人的健康。"

她冷冷地说："我不是关心她们的健康，我是关心她们的饭碗。"

我还不觉悟，说："是怕大排档不干净，坏了她们的肚子？”

她说：“是怕她们的客户看到她们狼狈不堪地从公交车上走下来，满头满脸的汗，吃着肮脏的小吃。这样的话，客户还会把几十万上百万的投资交给我们吗？”

我担忧地说：“这么大的花费，这些初入行的女孩能承担得起吗？”

她说：“可以去借呀，会用别人的钱赚钱的人，才是聪明人。她们必须学会享受，享受可以激发人的欲望。你想拥有美妙的生活吗，你就得好好地干。当然，我说的是用正当手段去挣钱。假如一个人，特别是一个女人，只满足于吃糠咽菜，她是注定不会有什么大出息的。假如你享受过了，你就

不愿意再过苦日子，只有拼命地去做、去挣钱，来维持你优越的生活，且不说在这种工作中，你还赢得了创造的快乐。"

我对面前的龅牙女士刮目相看，她把一种陌生而充满活力的关于女人的观念，像那盏美味的水鱼汤一样，灌进了我的胃。

我们沉默着，沉默不是金，是一种思考。

她突然微笑着说："你猜，我现在想什么？"

我说："在想一个庞大的计划吧？"

她说："不是啊。我在想，明天我再见到那些新来的女孩子，要对她们交代一件事情，那两天讲课时，忘记了。"

我说："什么事这么重要呢？"

她说："我还要告诫她们，只要当一天经纪人，腿上就永远不能穿四股丝袜，而要穿连裤袜。"

我说："一双袜子还有这么多讲究吗？"

她说："当然啦，一个在同老板讨论大投资的女经纪人，如果突然感到她丝袜的松紧带要掉，她就会惊恐万分，会把大事耽误了。"

我的目光已经注意不到她龅牙齿的缺憾，只觉得她的脸上自有一种和谐。

只见她潇洒地一挥手，说："小姐，埋单！"

# 17

# 我在寻找那片野花

毕淑敏文集

一位女友，告诉我这样一件事。

上小学的时候，班上有个女同学，叫作荞，家境贫寒，是每学期都免交学杂费的。她衣着破烂，夏天总穿短裤，是捡哥哥剩下的。我和她同期加入少先队，那时候，入队仪式很庄重。新发展的同学面向台下观众，先站成一排，当然脖子上光秃秃的，此刻还未被吸收入组织嘛。然后一排老队员走上来，和非队员一对一地站好。这时响起令人心跳的进行曲，校长或请来的英模，总之是德高望重的长辈，口中念念有词，说着"红领巾是红旗的一角，是用烈士的鲜血染成的"等教诲，把一条条新的红领巾发到老队员手中，再由老队员把这一鲜艳的标志物绕到新队员的脖子上，亲手绾好结，然后互敬队礼，宣告大家都是队友了，隆重的仪式才算完成。

新队员的红领巾，是提前交了钱买下的。荞说她没有钱。辅导员说："那怎么办呢？"荞说，哥哥已超龄退队，她可用哥哥的旧领巾。于是，那天授领巾的仪式，就有一点儿特别。当辅导员用托盘把新领巾呈到领导手中的时候，低低地说了一句。同学们虽听不清是什么，但也能猜出来——那是提醒领导，轮到荞的时候，记得把托盘里的那条旧领巾分给她。

满盘的新领巾好似一塘金红的鲤鱼，支棱着翅角。旧领巾软绵绵地卧着，仿佛混入的灰鲫，落寞孤独。那天来的领导，可能老了，不曾听清这句格外的交代，也许根本没想到还有这等复杂的事。总之，他一一发放领巾，走到荞的面前，随手把一条新领巾分给了她。我看到荞好像被人砸了一下头顶，身体矮了下去，灿如火苗的红领巾环着她的脖子，也无法映暖她苍白的脸庞。

那个交了新红领巾的钱，却分到一条旧红领巾的女孩，委屈至极。她当场不好发作，刚一散会，就怒气冲冲地跑到荞跟前，一把扯住荞的红领巾说："这是我的！你还给我！"

领巾是一个活结，被女孩拽住一股猛拉就系

死了，好似一条绞索，把荞勒得眼珠凸起，喘不过气来。

大伙扑上去拉开她俩。荞满眼都是泪花，窒得直咳嗽。

那个抢领巾的女孩自知理亏，嘟囔着："本来就是我的嘛！谁要你的破红领巾！"说着，女孩把荞哥哥的旧领巾一把扯下，丢到荞的身上，补了一句："我们的红领巾都是烈士用鲜血染的，你的这条红色这么淡，是用刷牙刷出的血染的。"

经她这么一说，我们更觉得荞的那条旧得凄凉。风雨洗过，阳光晒过，褪了颜色，布丝已褪为浅粉；铺在脖子后方的三角顶端部分，几乎成了白色；耷拉在胸前的两个角，因为摩挲和洗涤，絮毛纷披，好似炸开的锅刷头。

我们都为荞鸣不平，觉得那女孩太霸道了。荞却一声未吭，把新领巾折得齐整整，还了它的主人；又把旧领巾端端系好，默默地走了。

后来我问荞："她那样对你，你就不伤心吗？"荞说："谁都想要新领巾啊，我能想通。只是她说我的红领巾是用刷牙刷出的血染的，我不服。我的红领巾原来也是鲜红的，哥哥从九岁戴到十五岁，时间很久了。真正的血，也会褪色的。我试过了。"

　　我吓了一跳。心想：她该不是自己挤出一点儿血，涂在布上，做过什么试验吧？我没敢问，怕得到一个肯定的答复。

　　毕业的时候，荞的成绩很好，可以上重点中学，但因为家境艰难，只考了一所技工学校，以期早早分担父母的窘困。

　　在现今的社会里，如果没有意外的变故，接受良好的教育，是从较低阶层进入较高阶层的，不说是唯一，也是最基本的孔道。荞在很小的时候，就放弃了这种可能。她也不是国色天香的女孩，没有王子骑了白马来会她。所以，荞以后的路，就一直在贫困的底层挣扎。

我们这些同学，已接近了知天命的岁月。在经历了种种的人生、尘埃落定之后，屡屡举行聚会，忆旧兼互通联络。荞很少参加，只说是忙。于是，那个当年扯她领巾的女子说："荞可能是混得不如人，不好意思见老同学了。"

荞是一家印刷厂的女工。早几年，厂子还开工时，她送过我一本交通地图。说是厂里总是印账簿一类的东西，一般人用不上的，碰上一回印地图，她赶紧给我留了一册，想我有时外出或许会用得着。

说真的，正因为常常外出，各式地图我很齐备，但我还是非常高兴地收下了她的馈赠。我知道，这是她能拿得出的最好的礼物了。

一次聚会，荞终于来了。她所在的工厂宣布破产，她成了下岗女工。她的丈夫出了车祸，抢救后性命虽无碍，但伤了腿，从此吃不得重力。儿子得了肝炎休学，需要静养和高蛋白。她在几个地方连做小时工，十分奔波辛苦。这次刚好到这边打工，于是抽空和老同学见见面。

我们都不知说什么好，只是紧握着她的手。她的掌上有很多毛刺，好像一把尼龙丝板刷。

半小时后，荞要走了。同学们推我送送她。我打了一辆车，送她去干活的地方。本想在车上多问问她的近况，又怕伤了她的尊严，正斟酌为难时，她突然叫了起来："你看！你快看！"

窗外是城乡接合部的建筑工地，尘土纷扬，杂草丛生，毫无风景。我不解地问："你要我看什么呢？"

荞很开心地说："我要你看路边的那一片野花啊。每天我从这里过的时候，都要寻找它们。我知道它们哪天张开叶子，哪天抽出花茎，哪天早晨突然就开了……我每天都向它们问好呢！"

我一眼看去，野花已风驰电掣地闪走了，不知是橙是蓝，看到的只是荞的脸，憔悴之中有了花一样的神采。于是，我那颗久久悬起的心，稳稳地落下了。我不再问她任何具体的事情，彼此已是相知。人的一生，谁知有多少艰涩在等着我们？但荞经历了重重风雨之后，还在寻找一片不知名的野花，问候着它们。我知道在她心中，还贮备着丰足的力量和充沛的爱，足以抵抗征程的霜雪和苦难。

此后，我外出的时候，总带着荞送我的地图册。

朋友这样结束了她的故事。

毕
淑
敏
文
集
〈
〉

一次朋友聚会，来了几位新面孔。席间，有男士谈起自己新交的女友，说是一位美女，于是，不但在座的男子几乎全体露出艳羡之色，就是各个年龄段的女人，也普遍显出充分的向往与好奇。

大家纷纷说，原以为美女都已随着古典情怀的消逝被现代文明毒死，不想这厢还似尼斯湖水怪般藏着一个。众人正感叹着美女的重新出山，突然从客厅的角落里发出了一个声音："美女是有公众标准的。不是你说她是，她就是的。恋爱的人，眼里出西施。"

大家诧然复茫然，想想也有理。先别忙着赞叹，到底是不是个真美女，还有待考察商榷呢！

说这煞风景话的男子，看上去细而柔的身材、平

淡的五官，但并不虚弱，四肢甚至可以说是有力的。

于是，有人对那位与美女交往的男子说："带着照片吗？拿出来让大伙看看嘛！一来让我们养养眼，二来也让蓝刀鉴定一下，到底算不算真美女！"

我悄声问身旁的朋友："蓝刀是谁？"

他指指细而不弱的小伙子说："他就是。"

我说："蓝刀——好古怪的名字！江湖上的？武林高手？"

朋友说："他是整形外科医学博士。因为他常用蓝宝石手术刀，所以圈内人称他为蓝刀。"

美女之友架不住众人的鼓动，从西服内袋里掏出一张照片。姿势娴熟，想来是常常观摩的。

彩照，长跑火炬似的在众人手间传递。几位上了年纪的，还掏出了老花镜。

好不容易轮到我。姑娘确实美丽，身材相貌都属上乘，起码不逊于时下影视界的靓丽偶像。

照片最后传到蓝刀手里。不知道是巧合，还是大伙儿等着他一锤定音，喧哗的客厅悄无声息了。

蓝刀只看了一眼。真的，只一眼。我觉得即使从敬业的角度来说，他也该多看几眼的。后来蓝刀解释，一是将别人女友盯住不放，有失礼仪。再是对于老农来说，庄稼长势如何，一瞄足够。

蓝刀说："总体上，还不错。这是一位17世纪的美人形象。"

大家驳道："美人也不是瓷器，还有时代限制？"

蓝刀正言："时间感很重要。比如盛唐以肥为美，杨贵妃就是个双下巴，连那时的菩萨塑像也个个超重。而17世纪的标准美人是：眼要重睑，也就是咱们平常说的双眼皮。鼻子从侧面看是微微上翘的，万万不能是鹰钩。嘴唇不可太大，更不可太小。上嘴唇较下嘴唇稍薄，反过来就是败笔。左面的颊上有一个酒窝，要是不幸长在右面就要减分。颈部可以有褶皱，但形状一定要好，如同一圈天然的项链……

大家听到这里就大笑说："真够苛刻，难为女人了。"有人起哄道："蓝刀，不要光说好的。来点儿具有专业水准的。"

那潜台词是期待蓝刀指出这女子的容貌缺陷。

蓝刀以目光征询美女男友的意见。小伙子好像也很想长点儿知识，做出愿意洗耳恭听的模样。

蓝刀说："既然说到专业，我就再发表点儿意见。学术研究，没有别的意思，若是冒犯了，请多原谅。从照片来看，这位女性的相貌还有不足之处。一是从发际到下颌之间的距离，应为本人的三个耳朵的长度。以这个比例要求，似稍嫌长了一点

儿。鼻尖、嘴唇中点和下颌点，应为一直线，此为
美人非常重要的一个指标。但这位女生鼻尖稍向右
偏了一点儿，于是面部有了少许不平衡之感。女性
好细腰，但并不是越细越好，从美学的角度来看，
腰围是头围的1.618倍最好……"

大家哄笑起来，说："蓝刀，闭嘴吧。照你这
样算下去，人间就真的没有美女了。"

蓝刀也就不再就该女士发表意见。但由此引出
的话题新鲜有趣，整个晚上，蓝刀成了主角。

一位桥梁工程师说："对不起，不是针对你个
人。我倒是很有点儿看不起整容医生。"

蓝刀很沉着地问："为什么呢？"

工程师说："虽然你们是医生，却没有急诊。

我不是医生，可我知道，几乎所有的科，都有急诊。比如外科，那就不必说了。妇产科、小儿科……就连牙科吧，也有。比如，你的腮帮子被人打漏了，就得上口腔医院马上缝。可有谁急诊整形呢？它是富贵事，可有可无的。"

蓝刀说："你说得对，整形外科没有急诊。但是，一个烧伤的病人，你不为他整容，他就无法回到正常的人群当中。你倒是用急诊把他的生命挽救回来了，他却自惭形秽，自暴自弃，再也无法挺胸做人。还有，若是他不整容走到街上，月黑风高，谁要是在胡同拐角处突然看到一个满脸焦疤的人，以为遇到了妖怪，惊恐万状，虚脱休克，这人道吗？"

听蓝刀这么一讲，大家就觉得整容也是社会发展到高级阶段的产物，医学百花中的一朵。

有人问："什么人适宜做整容？"

蓝刀清清嗓子说："我先不回答这个问题。我想说的是——什么人不适宜做整容。"

大家说："原来不是掏钱就能做，你们规矩还挺大。"

蓝刀说："有八种人，我是不给他做整形手术的——

"第一种人，天天身上带着一面小镜子，无论何时何地，都随手把小镜子拿出来顾影自怜或自惭形秽的人，不做。"

大伙忙问："为什么？"

蓝刀说："他认为人世间最重要的事就是他的容貌，自信心和尊严都系此一事。这样的人，无论手术做得怎样成功，他都会认为未能达到目的。所以，我不能自找烦恼。

"第二种，进我诊所时，拿着一本或几本时尚导刊，指着封面或封底的某明星或歌星的大幅照片说：'我的要求不高，就是做成他的那个鼻子加上她的那个嘴巴……'"

大家笑道："这是不能做。无论如何你都无法使他满意。"

蓝刀叹气道："我心中常常又好笑又生气，便对来者说：'你以为我是谁？上帝吗？可惜，我不是。纵使我能把你修理出那样规格的鼻子和嘴巴，你可有那样的才气和奋斗？'"

"第三种不做的人是：头不梳脸不洗衣冠不整浑身散发不洁气息……"

不等蓝刀说完，大家打断道："这一条，好似不合情理吧？正是因为某些人的仪表不良，他们才要求整理容貌，你怎么反而拒之门外呢？"

蓝刀说："一个人的容貌可以被毁或天生缺憾，但爱整洁是教养和习惯问题，不仅是对他人的敬重，更是对自己的珍惜。如果一个人没有这份热爱生命的感觉和精心维持，那么，我即使辛辛苦苦地帮他建设了较好的硬件，软件跟不上，也还是没良效的。而我尊重自己的劳动，我愿把宝贵的精力放到更善待自己的人身上。"

大家默然片刻后，表示可以接受。接着问："其他呢？"

蓝刀说："第四种，凡来人说'我本人并不想来此做什么整容手术，都是我的家人——丈夫或男友，要我来做的……'，这样的人，我也概不接待。"

大家说："啊，那么绝对啊？"

蓝刀说："是。容貌是自己的内政，无论它怎样丑陋，只要自己接受，别人就无权干涉。如果一个人因为惧怕或讨好而听命于另外一个人，被迫接受了在自己身上动刀动剪动针动线，那是很不情愿和凄凉的事情。我不愿成为帮凶。"

大伙频频点头，表示言之成理。

蓝刀说："第五条，多次在就诊时间迟到或无故改变约定的人，不做。"

大家说："这倒有些奇怪，你又不是兵营。遵纪守时的问题，和医疗何干呢？"

蓝刀说："整形手术须反复多次，其中的艰苦和磨难，超乎想象。手术程序一旦开始，就不可中断。你不能把大腿上的皮瓣做好了准备移到脸上，但本人突然不干了……所以，纪律性和承诺感不好的人，我不为他做手术。医生精力有限，我不愿在医疗以外的事情上花费太多的时间。

"第六条，对同一问题，反复询问。我这次答复了，下次又问的人，我不做。"

大家笑道："蓝刀，脾气够大啊。是不是求你做手术的人太多了，店大欺客啊？问来问去，可能是那人记性不好，干吗不依不饶？"

蓝刀说："一个人对自己高度关注的事，况且我反复讲过多遍，还记不住，这是记忆问题吗？不是。是信任问题。他不信任我，所以不厌其烦地追问，好像审讯。我虽可理解这种心情，但我不能给一个不信任我的人动手术。无论是对我还是对他，都不愉快。"

大家愣了一下，没人再作声，表示尊重一名资深医生对病人的挑剔。

"第七条，态度特好或态度特不好的病患，对医生满口奉承和送礼的病患，表现得特别合作或特别不合作的病患，一概不做。"蓝刀一字一顿很慢地说。

大家道："这一条，能顶好几条。情况却大不一样。态度不好的不做，明白。但态度特好的也不做，费解。"

蓝刀说："他为什么特别殷勤？后面肯定有这样一个假设——如果他不送礼，我就不会尽心尽意地为他手术。他能奉承我，也就能诋毁我，不过是正反面吧。手术是一件充满概率的事情，即使我小心翼翼、殚精竭虑，也不可能百战百胜。为了那个无所不在的概率，我要保留弹性。我需要有医生的安全感和世人对'万一'的理解，得给自己留一条后路。"

客厅的空气一下子变得有点儿沉重。

"该第八条了。也就是最后一条了。"沉默半晌，大家提醒蓝刀。

蓝刀说："这一条，简单。凡是手术前不接受照相的人，不做。"

有人打趣道："整形大夫是不是和某影楼联营了，可以提成？要不，为什么有这样古怪的要求？"

蓝刀道："一个人破了相，不愿摄下自己不美的容颜，可以理解。但是，为了对比手术的效果，为了医学档案的需要，留有确切的原始记录，总结经验教训，都要保留病患术前的相貌。当然，会做好保密的。但是，有些人说什么也不接受这一合情合理的要求。没办法，既然他连面对真实情形的勇气都没有，又怎能设想他和医生鼎力配合呢？所以，只有拒之门外了。"

蓝刀说到这里，很有一些痛惜之意。

分手的时候，蓝刀热情地说："欢迎大家到我的诊所做客。"

大伙回答："蓝刀，我们会去的。不是去整形，是听你说这些有趣的话。"

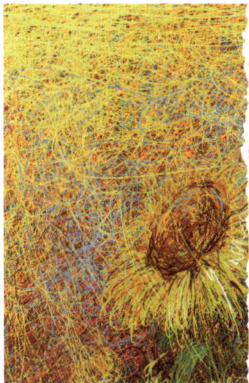

眉毛对人并不是非常重要的。我之所以这么说，是因为人如果没有了眉毛，最大的变化只是可笑。脸上的其他器官，倘若没有了，后果都比这个损失严重得多。比如没有了眼睛，我说的不是瞎了，是干脆被取消了，那人脸的上半部变得没有缝隙，那就不是可笑能囊括的事，而是很可怕的灾难了。要是一个人没有鼻子，几乎近于不可思议，脸上没有了制高点，变得像面饼一样平整，多无聊呆板啊。要是没了嘴，脸的下半部就没有运动和开合，死板僵硬，人的众多表情也就没有了实施的场地，对于人类的损失，肯定是灾难性的。流传的相声里，有理发师捉弄顾客，问："你要不要眉毛啊？"顾客如果说要，他就把眉毛剃下来，交到顾

客手里。如果顾客说不要呢，他也把顾客的眉毛剃下来，交到顾客手里。反正这双可怜的眉毛在存心不良的理发师傅手下，是难逃被剃光的下场了。但是，理发师傅再捣蛋，也只敢在眉毛上做文章，他就不能问顾客"你要不要鼻子啊？"按照他的句式，再机灵的顾客也是难逃鼻子被割下的厄运。但是，他不问。不是因为这个圈套不完美，而是因为即使顾客被套住了，他也无法操作。同理，脸上的眼睛和嘴巴都不能这样处置。可见，只有眉毛是面子上无足轻重的设备了。

但是，也不。比如我们形容一个人快乐，总要说他眉飞色舞，说一个男子英武，总要说他剑眉高挑，说一个女子俊俏，总要说她蛾眉入鬓，说到待遇的不平等，总也忘不了"眉高眼低"这个词，还有"柳眉倒竖""眉开眼笑""眉目传情""眉头一皱计上心来"……哈，你看，几乎在人的喜怒哀乐里，都少不了眉毛的份儿。可见，这个平日只是替眼睛抵挡汗水和风沙的眉毛，在人的情感词典里还真是占有不可忽视的位置呢。

我认识一位女子，相貌、身材、肤色连牙齿，哪里长得都美丽。但她对我说，对自己的长相很自卑。我不由得又上上下下左左右右地将她打量了个遍，就差没变成一台超声波仪器，将她的内脏也扫

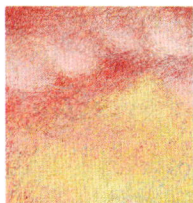

描一番。然后很失望地对她说，对不起啦，我实在找不到你有哪处不够标准，还请明示于我。她一脸沮丧地对我说，这么明显的毛病你都看不出，你在说假话。你一定是怕我难受，故意装傻，不肯点破。好吧，我就告诉你，你看我的眉毛！

我这才凝神注意她的眉毛。很粗、很黑、很长，好似两支炭箭，从鼻根耸向发际……

我说，我知道那是你画了眉，所以也没放在心里。

女子说，你知道，我从小眉毛颜色很淡，而且是半截儿的。民间有说法，说是有半截儿眉毛的女孩会嫁得很远，而且一生不幸。我很为眉毛自卑。我用了很多方法，比如有人说天山上有一种药草，用它的汁液来画眉毛，眉毛就会长得像鸽子的羽毛一样光彩颀长，我试了又试，多年用下来，结果是眉毛没见得黑长，手指倒被那种药草染得变了颜色……因为我的眉毛，我变得自卑而胆怯，所有需要面试的工作，我都过不了关，我觉得所有考官都在直眉瞪眼地盯着我的眉毛……你看你看，"直眉瞪眼"这个词，本身就在强调眉毛啊……心里一慌，给人的印象就手足无措，回答问题也是语无伦次的，哪怕我的笔试成绩再好，也惨遭淘汰。失败的次数多了，我更没信心了。以后，我索性专找那些不必见人的工作，猫在家里，一个人做，这样，就再也不会有人见到我的短短的暗淡的眉毛了，我觉得安全了一些。虽然工作的薪水少，但眉毛让我低人一等，也就顾不了那么多了。

我吃惊道，两条短眉毛就这样影响了你一生吗？

她很决绝地说，是的，我只有拼力弥补。好在商家不断制造出优等的眉笔，我画眉的技术天下一流。每天，我都把自己真实的眉毛隐藏起来，人们看到的都是我精心画出的美轮美奂的眉毛。不会有人看到我眉毛的本相。只有睡觉的时候，才让眉毛暂时地恢复原形。对于这个空当，我也做了准备。我设想好了，如果有一天我睡到半夜，突然被火警惊起，我一不会抢救我的财产，二不会慌不择路地跳楼，我要做的最重要的一件事，就是掏出眉笔，把我的眉毛妥妥帖帖地画好，再披上一条湿毛毯匆匆逃命……

我惊讶得说不出话来，然后是深切的痛。我再一次深深体会到，一个人如果不能心悦诚服地接受自己的外形，包括身体的所有细节，那就会在心灵上造成多么锋利、持久的伤害，如霜的凄凉，甚至覆盖一生。

至于这位走火也画眉的女子，由于她内心的倾斜，在平常的日子里，她的眉笔选择得过于黑了，她用的指力也过重了，眉毛画得太粗太浓，显出强调的夸张和滑稽的戏剧化效果……她本想弥补天然的缺陷，但在过分补偿的心理作用下，即使用了最好的眉笔，用了漫长的时间精心布置，也未能达到她所预期的魅力，更不要谈她所渴望的信心了。

眉毛很重要。眉毛是我们脸上位置最高的饰物（假如不算沧桑之刃在我们的额头上镂刻的皱纹）。一对好的眉毛，也许在医学美容专家的研究中，会有着怎样的弧度、怎样的密度、怎样的长度、怎样的色泽……但我想，眉毛最重要的功能，除了遮汗挡沙之外，是表达我们真实的心境。当我们自豪的时候，它如鹰隼般飞扬；当我们思索的时候，它有力地凝聚；当我们哀伤的时候，它如半旗低垂；当我们愤怒的时候，它——扬眉剑出鞘……

假如有火警响起，我希望那个女子能够在生死关头记住生命大于器官，携带自己天然的眉毛从容求生。

我眉飞扬，不论在风中还是雨中、水中还是火中。

# 20

# 打开你的坤包

毕淑敏
文集
〈〉

有句外国谚语说："让我到你的房子里看一看，我就能说出你是个什么样的人。"

总觉得发明这话的洋人有点儿迂。对于女人来说，其实根本就不必到她的家，只要打开她的坤包瞧瞧，就知道她是个怎样的人了。

不信吗？让我们找块"实验田"，验证一下。

随意查看别人的物件，除了上飞机前的安全检查以外，都是侵犯人权的行当。看来作茧者必自缚。既然我发明了这则当代谚语，就先打开我的坤包看一看吧。

坤包，顾名思义，当为女士之包。但我的包不甚够格，因为它是一只石磨蓝的牛仔包，实为男女老少皆宜。之所以在各式各样的包群里选择了它，主要是因了它的结实。各式各样的包，都不如它禁拉又禁拽、禁打又禁踹。当然后半句夸张得有些邪乎，虽说挤公共汽车时经常是人已下了车门，包还嵌在车上人的腋窝下，需要使出拔河般的力气往外揪扯，但总还未到打与踹的地步。

第二个喜爱的原因是它的妥帖。岁月吸走了布匹的毛燥，泛出朵朵泪痕般的白环，显出暗淡的朴素。冬日里不会像真正的牛皮包咯咯作响，夏天里不会把钢轨似的带子勒进你汗湿的肩头。它永远宁静地倚靠在你的一侧，为你遮挡肋间的风寒。

第三点也许是最重要的原因，是便宜。不止一次，被精巧的羊皮手袋的价钱吓着，以后便更抱紧了自己的布包，想起它的种种好处，颇有相依为命的味道。

说了这许多皮毛上的事，现在让我们打开拉链。

包里最神秘的地方放着证件。没有证件就没法确定你到底是不是你。每次出门都要下意识地拍拍牛仔包的小口袋，摸到铁板似硬硬的一块，才敢放心地离开家。总奇怪外国女人是怎样瞒住自己的年龄不让陌生人知道的。在中国，无论你走到哪里，都要亮出你的证件才算坦坦荡荡。越是不认识的人，越要细细地看每一项。反正糊弄不过白纸黑字，我也就不在意面貌上是否显得年轻。

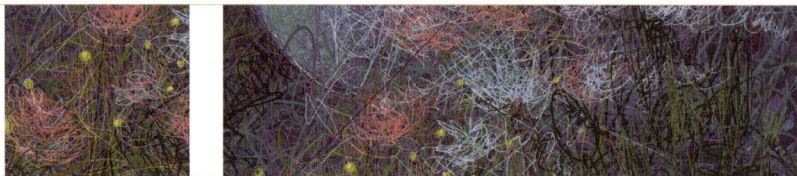

　　第二要紧的是钥匙。带着钥匙，就是带着家。钥匙对女人尤为重要，没有家的钥匙的女人是最孤苦的，钥匙太多的女人也不胜其烦。一个人独立的最显著标志，是有了一串属于自己的钥匙。每个职业女性的手袋都会在某个特定的角度叮当作响，那是家的钥匙和办公室的钥匙击出耀眼的火花。常常想，世上有无从不带钥匙的女人？那大概是一位女总统或一位女飞贼。

　　再然后包里的重要物件就是一支笔了。哦，是两支。因为我们的圆珠笔或签字笔质量都有些可疑，常会在你奋笔疾书时像得了多年的咳喘，憋得声嘶力竭。为防此等恶性事故，故像重大球赛一般，要预备替补。现今女士的夏装往往一个兜也没有，坤包就代替了衣兜，不可以须臾离开。

再其次就是电话簿。电话簿是一只储存朋友的魔盒，假如我遇到困难，就要向他们发出求救信号。一种畏惧孤独的潜意识，像冬眠的虫子蛰伏在心灵的旮旯。人生一世，消失的是岁月，收获的是朋友。虽然我有时会几天不同任何朋友联络，但我知道自己牢牢地黏附于友谊网络之中。电话簿就像七仙女下凡时的难香，留在身边，就储存了安宁。

当然还有女人专用的物品。一块手绢，几沓餐巾纸……至于女人常用的化妆盒，我是没有的。因为信奉素面朝天，所以就节约了那笔可观的开销。常常对自家先生说，你娶了我，真是节能型的。一辈子省下的胭脂钱，够打一个金元宝。北方冬春风沙大，嘴唇易干裂，就装备了一瓶护唇油，露水一般透明，抹在嘴上甜丝丝的，其实就是兑了水的甘油。一日黄尘像妖怪般卷地而来，口唇糙如砂纸。临进朋友的家门前，急掏出唇油涂抹一番，然后很润泽地走了进去。朋友注目我的下颌，我很得意，打算毫无保留地告诉她在哪儿可以买到护唇油。没想到她体贴地说："要不要喝点儿水？我知道你刚吃了油饼。"

几乎忘了最重要的内容，那就是坤包里要有钱。没有钱的女人寸步难行。但我是一个不能带很多钱的女人，钱一过百，紧张之色就溢于言表。不由得将包紧紧抱在胸前。先生讥之为："真正的偷儿断不屑偷你，一看就知道是个没大手面的人。"

　　包里常常装着昼伏夜出写成的文稿，奔走于各编辑部之间。少时读《钢铁是怎样炼成的》，念到保尔因邮寄手稿丢失痛不欲生之时，恨恨地发誓："他年我若为作家，稿子一定复写几份并尽可能地亲自送上。"牛仔包装了稿子的日子，是它最辉煌的时光。我把它平平展展地抱在胸前，好像几世单传的婴儿。包的长度和大张的稿纸恰好相仿，好似一只蓝木匣。公共汽车太拥挤的时候，我会把书包托举到头顶，好像凫水的人擎着怕湿的衣服。我喜欢洁净平滑的纹面，不乐意它皱得像被踩过的鞋垫。

　　一次，一位朋友说："你也该换一个坤包了。羊皮的。"

　　我说："太贵啦！"常常想，若用了那样的包，只怕所有的内容物都不值这坤包的钱。我本是个随意的人，却成了这包的奴隶。走到哪儿，先要操心这高贵的包装，岂不累心？

　　朋友说："不要装得那样可怜。如今，坤包是女人的徽章。人们常从你用的包来评价你这个人。"

　　我说："也不单单是从节俭的角度不愿买真皮精品坤包，因我包里常要装一样物品，恐那真皮包笑纳不了。"

朋友说："让我猜猜那是什么。大吗？"

我说："也不很大。"

她说："需要小心轻放吗？"

我说："差不多吧。"

她说："很贵重啦？"

我说："很平常的。"

她说："还真猜不出那是个什么东西。快告诉我。"

我说："是豆腐。作为家庭主妇，我常常要在包里装豆腐。"

她说："哎呀，那还真是装不得。南豆腐那么多汤，就是套两层塑料袋，也会把真皮包考究的衬里打湿的。"

我说："什么时候我家不吃豆腐了，我就去买精品包。"

21.

# 未雨绸缪的女人

毕淑敏文集（一）

　　有一个游戏，我做过多次。规则很简单，几十个人，先报数，让参加者对总人数有个概念（这点很重要）。找一片平坦的地面，请大家便步走，呈一盘散沙。在毫无戒备的情形下，我说："请立即每三人一组牵起手来！"场上顷刻混乱起来，人们蜂拥成团，结成若干小圈子。人数正好的，紧紧地拉着手，生怕自己被甩出去。不够人数的，到处争抢。最倒霉的是那些匆忙中人数超标的小组，你看着我，我看着你，不知谁应该引咎退出……

　　因为总人数不是三的整倍数，最后总有一两个人被排斥在外，落落寡合、手足无措地站着，如同孤雁。我宣布解散，大家重新无目的地走动。这一次，场上的气氛微妙紧张，我耐心等待大家放松警惕之后，宣布每四人结成一组。混乱更甚了，一切重演，最后又有几个人被抛在大队人马之外，孤寂地站着，心神不宁。我再次让大家散开。人们聚拢成堆，固执地不肯分离，甚至需要驱赶一番……然后，我宣布每六个人结成一组……

这个游戏的关键，是在最后环节逐一地访问每次分组中落单的人："在被集体排斥的那一刻，是何感受？你并无过错，但你是否体验到了深深的失望和沮丧？引申开来，在你一生当中的某些时刻，你可有勇气坚信自己真理在手，能够忍受暂时的孤独？"

我喜欢这个游戏，在普通的面团里埋伏着一些有味道的果馅。表面是玩耍，令人思维松弛，如同浸泡在冒着气泡的矿泉中，或许在某个瞬间发生奇妙的领会。

我和很多人玩过这个游戏，年轻的、年老的……记忆最深刻的是同一些事业有成的杰出女性在一起。也是从三个人一组开始的，然后是四个人一组。当我正要发布第三次指令的时候，突然，场上的女人们拥动起来，围起了五个人一组的圈子……我惊奇地注视着她们，喃喃自语道："我说了让大家五人一组吗？"她们面面相觑，许久的沉默之后回答——没有。我说："那为什么你们就行

动起来了？听到了什么？想到了什么？"

那一天，就这个问题，展开了激烈的讨论。大家说："我们是东方的女人，极端害怕被集体拒绝的滋味。看到了别人的孤独，将心比心，因此成了惊弓之鸟。既然前面的指令是三人或四人一组，推理下来就该是五人一组了。错把想象当成了既定的真实。现实的焦虑和预期的焦虑交织在一起，使我们风声鹤唳。我们是女人，更需要安全，于是竭尽全力地避开风险。至于风险的具体内容，有些是真切确实的，有些只是端倪和夸张。甚至很多人选择的爱情和婚姻，出发点也是逃避孤独。"

后来，我问过一位西方的妇女研究者，她可曾遇到过这种情形？她说："没有，在我们那里，没有出现过这种情景。也许，东方的女性特别爱未雨绸缪。"我不知道这是表扬还是批评。大概所有的优点发展到了极致，都有了沉思和反省的必要。

22.
# 女人与清水、纸张和垃圾

　　女人与水，是永不干燥的话题。在我的祖籍山东，有一古老的习俗。哪家的女人死了，在殡葬发送的队伍中，一定要扎头肚子大大的纸水牛，伴着女人的灵柩行走。它的功用在于陪女人灵魂上西天的途中，帮她喝水。

　　风俗说，哪个女人死了，她一生用过的水都将汇集一处，化作条条大河，波涛翻卷而来，横在女人通往来世的路上，阻她的脚步。

　　假如那女人一辈子耗水不多，就轻轻松松地蹚过河，上岸继续西行。但女人好似天生与水有仇，淘汰漂洗，一生中泼洒了无穷无尽的水。平日细水长流地不在乎，死后一算总账，啊呀呀，不得了，水从每个湿淋淋的日历缝隙滴出，汪洋恣肆。好在活人总是有办法的，用纸扎出水牛，助女人喝水，直喝得水落石出了，女人才涉江款款赶路。如果那是一个生前特别爱洁净、特别能祸害水的女人，浊浪排空，十万火急，她的亲人就得加倍经营出一群甚至几群纸牛，头头腹大如鼓，排在阵前，代人受过。

初次听到这风俗，我先是感叹先民对水的尊崇与敬畏。故乡毗邻大海，降雨充沛，并不缺水，但农人依旧把水看得这般崇高，不但生时宝贵，死后也延续着掺杂惧怕的珍爱。

其次，便是惊讶在水的定量消费上，性别差异竟如此显著。特地考察一番，那里的男人纵使活时从事再挥霍水的职业——比如屠户（窃以为那是一个需要很多水才能洗清血迹的行当），死后送葬也并无须特扎纸水牛陪伴。只要一夫当关，足可抵挡滔滔水患。

再其次，惊讶于我们民族中"糊弄事"的本领泛滥。惯于瞒天瞒地，如今也瞒到了清水衙门身上。且不说一头牛喝水量有限，单是那牛周身用纸，就很令人担忧。只恐它未及吞水，自己就先成了河边糊里糊涂的纸浆。

细想来，这风俗中也埋着深刻的内涵——在生活用水的耗竭上，女人有着义不容辞的责任。

女人，一生要用掉多少水啊，我们荡涤污浊，我们擦拭洁净……有哪一个步骤能离开水的摧枯拉朽、鼎力相助？包括女人自身的美丽与清香，水都是最坚实、最朴素的地基。水是女人天生和谐的盟友，水是女人与自然纯真的纽带。

多少年来，女人忽视了水，淡漠了水，抛洒了水，轻慢了水。不过，水是宽容温和的，一如既往地善待女人，以至于在很长一段时间内，女人以为水至柔无骨，取之不尽用之不竭。终于，水在无穷无尽的消耗中衰减了、倦怠了、纤细了、肮脏了……女人们才从梦中惊醒，听到水渐渐疲弱的叹息。

为什么要靠纸做的水牛帮忙，女人才能横渡生前用水汇聚的江河湖泊？假如女人一生节水，每一滴水都用得其所，逝去的女人自会分水之法，平安地从水面飘逝，进入物质不灭的新循环。假如那女人损水无数，缺功少德，又不知悔改，纸水牛，你切不要帮她！让她在自己一生铺张的水中沉没，化作一尾小鱼，从此以自己的生之冷暖记得水的恩德与重要。

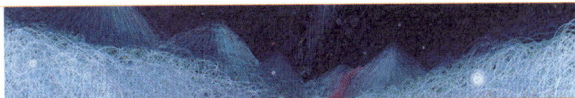

江南。雨雪迷蒙的早春。傍晚。小城。远远的红灯。

我离开寄住的招待所，好奇地向那盏红灯走去。几晚了，从窗口望见它，如一颗椭圆形的红蚕豆，在江南嫩绿的空气中孤悬。尤为奇怪的是，灯火下飘着一些斑驳的影子，若彩色的巨蚊，翩翩翻转，又不曾片刻飞离。

近了，看到一个细弱的小伙子，蹲在灯下，用剪刀劈开粉色的绸带，三缠两绕的，一朵小小的莲花，就在指尖亭亭玉立地绽开了，他的手，好像是埋在池塘里的一段藕。

再看蚊形巨影，不禁哑然失笑。那是小伙子用各色绸带编织的小物件，翡翠色的螳螂、巧克力色的蚂蚱、橘红色的龟、冰蓝的玫瑰等，一律以丝线穿了，吊在灯下的铁丝上。这些美丽的幌子，随每一阵微风，幽灵般起舞。破碎的雨滴，洒在它们的翅膀、脊背和花瓣上，像抹了露水似的，彩亮动人。

我说："卖的吗？"

他抬起头。一双被夜熬红的眼。

"卖的啊。买一只吧。多好看啊。除了挂着的这些，我还会编好多别样的。天上飞的、地上跑的，只要你叫得出名，我都编得来。"

他望着我，很快地说。手不停操作，盲人按摩师一般娴熟。

我本打算看了端的就走的，这下反不好意思，想了想说："编一只凤凰吧。"

不知为什么，他却踌躇了。好在只是片刻间的犹豫，马上接了问："什么色呢？"

"红的吧。"我说，想起涅槃，火和再生什么的。

"红的不好看，像烧鸡。"他很坚决地否定，并不怕因此驱走了顾客。

"青色吧。青鸟，很吉祥的。"他权威地决定，不待我表态，十指翻飞地操作起来。

先是裁绸带。烧饼大的绸带卷，在小伙子手中无声地流淌着，渐渐缩小如贝。啊嗬，一只凤凰要用这么长啊！我惊讶着，嘴边不敢动静，怕惊动了他手心渐渐成形的生命。

十分钟后，一只蟹青色凤凰诞生了。骨架很魁梧，尾羽却不够丰满，嶙峋模样，令人忆起乌鸦。

我付了钱，然后说："小伙子，可惜没我想象的好。"

他收拾着残屑很镇定地说："那你再买一只别的吧。凤凰不容易讨好，世上本没有的东西，每人心底想的都不一样。实实在在的，比较好办。"

我说："那好，这回我改要蝴蝶。"

他突然愣了，问："你是从外地来的吧？"

我说："是啊。"

他说："此地人都知道，我是不编蝴蝶的。"

我纳闷，说："蝴蝶很难吗？我看比蜻蜓和猫什么的，容易多了。你刚才还天上地上地夸口呢。"

已经入夜了，周围很寂静，没有主顾。薄薄的雾丝掠过灯笼的红光，像拭不净的血色玛瑙。那些悬挂着的绸制精灵，突然在某个瞬间一齐停止摆动，好像被符咒镇住了，不动声色地倾听。

他接着问："你是马上就要离开吗？"

我说："明天一大早。"

他下了很大决心似的，说："破一次例，卖你一只蝴蝶吧。"

Only Gentleness
Could Resist the Whole World

135

他也不再征询我对颜色的意见，思索着，径自施工。绸带卷儿沙沙滚动着，用料之多之杂，几乎够编一头斑斓猛虎。

他边编边说，家乡多棕榈，人人都会用叶编些好玩的东西。后来到外闯荡，人小力单，总也挣不到钱。突然看到城里人用作捆扎礼品的绸带，和棕榈叶差不多，就琢磨用它编物件。绸带软滑，很多编法都须另创。优点是颜色多，耐保存。如今现代人喜欢手工制品，他走南闯北，生意不错。

"常想，全中国编这东西的，就我一个人吧？也许，该到北京申请个专利？"

小伙子结束谈话的同时，完成的蝴蝶也递到我手里。

这是我生平所见最为精致的编制物，身肢纤巧，探须抖颤，好像刚从卷心菜畦受惊起飞。翅膀色彩鬼魅般绮丽，镶有漆墨般的黑点，如同一排豹睛，若有所思地注视着孤寂清冷的世界。

我失声道："这么艳的蝴蝶，能抵十只凤凰！"

小伙子诡谲一笑，说："它的价钱比这要贵得多。"

我吓一跳，忙说："哎呀，那我就买不起了。"

小伙子忙解释："收您的，不会那么多，与凤凰同价。"

　　我定下心，又问："那你为什么不多编些蝴蝶？"

　　他说："多了，就不值钱了。三月前，我刚到这里，原想住住就走的。此地不大，喜欢小玩意儿的人必也有限，打一枪就转移，流动作业呗。记得也是这时分，来了一个男人，两天前，他买过我的货。这趟劈头问：'你能编多少种蝴蝶？'我说：'没算过，大约……总有……几十种吧。'

　　"他说：'我用大价钱收你的蝴蝶。条件是，蝴蝶不得重样，不许给别人编，每日一只，一共百天。'"

　　"我就在这儿住下了。除了摆摊，就是每天早上供应那男人一只蝴蝶。刚开始并不难，照我以前编过的花样，做给他就可交差。一月之后，渐渐有些吃力了。日日都要设计出新图谱，夜里想得脑仁儿开锅。我用各种颜色的绸带搭配翅膀，镶上奇异的条纹和斑点。在身躯和蝶须上大变花样……有时真恨蝴蝶为什么没有八只翅膀四条须，那么，做文章的篇幅可多翻一倍。终于有一天，我对他说：'老板，我不想再给你一个人编蝴蝶了，我要走了。'男人落下泪来，说他在苦苦追求一个女孩，每天都给她送花。女孩刚开始连看都不看，就把花抛掉。后来他偶然附了一只从我这里买的蝴蝶，没想到那女孩就收下了花。为了每天得到一只奇异的蝴蝶，女孩一直同他交往，并说如果能集到100只不重样的蝴蝶，就答应嫁他。男人说完，又把蝴蝶的价码加倍，并许事成之后，给我更多的钱。他说：'蝴蝶就是老婆，千万别让她飞了。'"

"我又留下来了。到今天为止，共编了89只蝴蝶，还有11只就满百数之约。每当我煎熬心血编出一只前所未有的蝴蝶时，总在想：'那个得到这只蝴蝶的女孩，究竟是谁？长什么样？她若真是喜欢我的蝴蝶，在有月亮的晚上细细端详，也许能猜破我编进蝴蝶翅膀花纹中的心思。'"

"我想问她，她爱的究竟是人还是蝴蝶？为什么女人总想用某种东西考验男人？还要把自己一生的幸福，寄托在一个没头脑的死物件上呢？即使那样东西再宝贵、再难寻找，某个男人费尽心机为你找到了它，就是爱情了吗？要知道，你不是同蝴蝶过日子，而是同一个活人，相伴走过一生啊。"

　　"也许，我会在编满100只蝴蝶之前，突然逃离这里。我还有10天的时间，可以来琢磨这事。如果那女孩真的爱他，即使攒不到百只蝴蝶，她也会欢喜地嫁他吧？蝴蝶一旦没有了，女孩醒了，重新考虑自己的决定，是不是更好？我给了她一个妥善脱身的借口。"

　　一阵夹杂雪粒的风吹来，悬挂着的彩色精灵，互相碰撞着跳起舞。我把手中纤巧的编织物很仔细地包好，对他说："放心吧。在我没离开小城之前，不会有人看到蝴蝶。"

　　道了别，缓缓离开。很远了，稀薄的空气中还充满着淡淡的红光，从背后的方向绕过我的衣角，涌进无边的雾丝。

# 24

# 爱情没有快译通

我和朋友做过一个游戏，很有趣。

你说你也想做，好啊，我希望大家都有机会参与，别看我们都已是成人，其实每个人心底都埋着一颗喜爱玩耍的种子。我先来讲一讲规则，所有的游戏都是有规则的，要想玩得好，就得守纪律，要不就乱套了。

那规则就是——找一张白纸，写上你的一个常常出现的情绪，比如说，愤怒、怀念、孤独、忧郁，等等。哦，看到这里，你可能要说，都是令人懊丧的情绪啊？正面的可不可以写呢？当然可以啦，比方高兴、喜悦、慈爱、关切等，都行。

好了，现在你已写好了自己的想法。把那张藏着你的秘密的字条对折，然后让它安安稳稳地平躺

在桌上，一副大智若愚的模样，暂时谁也不让看。

此刻它就像一个沉睡的蚕宝宝，一动不动地眠着，只有到了揭开谜底的时分，才带着长长的思绪，飞出美丽的白蛾。

然后你找一个人，最好是对你比较了解、你把他当作知心朋友的人。你对他或她说："此刻，我正被一种情绪缠绕着，满心念的都是它。现在，你猜猜看，那是一种什么思绪？"

他或她定会说："我又不是你肚子里的虫，怎么会知道？"

你说："别急啊，我会给你线索，这就是我的表情。平日当我被这种情绪笼罩的时候，我就做出这副模样，你猜猜看。"

说完以上的话以后，你就坐到他对面（为了叙述方便，我就不论男女，都用"他"字了），最好找一个光线明媚的地方，让你的一颦一笑，都尽收他眼底。好啦，现在你心里默念着刚才写在纸上的字，脸上做出你沉浸在这种思绪中时对应的表情，也可以辅助身体的语言。比如，你平日愁苦的时候，蛾眉紧锁，杏眼低垂，再加上支着腮帮子，耷拉着头……总之，不要刻意表演，越自然，越像生活中真实的你越好。

你保持如此的表情和姿势一分钟后，就可以恢复常态了。然后，让你的朋友说出："刚才你在想……"

他或许会沉默，会思索，会疑惑……注意啊，你一定要有足够的耐心，并且有克制力，不可提示，不可启发，不可诱导。否则，咱们就前功尽弃啦。

依我和朋友玩过多次的经验，此时绝大多数人会沉思良久，好像他们面对的不是一个朝夕相处、耳濡目染的大活人，而是恐龙什么的，然后久久不吭声。最后在大家都等得不耐烦的时候，才迟迟疑疑地吐出一个词，比如"苦闷……孤单……"然后忙不迭地打开桌上的字条。一看之下，半晌不语，那答案和猜测往往风马牛不相及。

比如一个美丽的女孩子，做出眺望远方的模样。她的男友猜测——你是在想家！想父母！她呸

了一声说："糊涂虫，我是在想你！"男友说："我不就在你身边吗？当你出现这种神态的时候，我总是吓得屏气息声，不敢打破沉默。我不知道自己哪点没有做好，惹得你不满意，你才如此凄楚地思念他人……"女孩子说："你怎么会这么笨呢？你既然爱我，就该懂得我的心。"男孩子说："爱，只能解决一部分问题，并不能解决所有问题。该说的你还得说出来，沉默不是金，是土是空气。"女孩子说："我像革命先烈一样，我就是不说，我非要你猜。猜得出来我就嫁你，猜不出来，我就离开你……"男孩子就愁眉苦脸地说："如果今后的几十年，天天都在灯谜和哑语中生活，累不累啊？！"

另一个男子眼睛特别大。他做出第一个表情时，看着那铜铃一般圆睁的双眸，大家异口同声地说："哦，你在愤怒！"

他一脸失望地说："才不是呢。好了，这个不算，我再做一次。"他做出的第二个表情，又是如法炮制，瞪起双眼。大家稍微犹豫了一下，还是口径一致地说："你在发火！"

他不甘心，又来了第三次。这一次的结果就更令人惆怅了。大家没精打采地说："你换个新内容让我们也好抖擞精神，干吗又做出打架的样子？！"

　　男子后来沮丧地告知我们：他的字条上，第一次写下的是"幸福"，第二次写下的是"喜爱"，第三次写下的是——"慈祥"！

　　你肯定要说，差得这般十万八千里，我才不信呢！你一定是没选好对象，或者围观的人太弱智，才如此指鹿为马。

　　我一点儿也不生气你的这种指责，我很希望你能亲自试一试。找自己最亲爱的人，最好。假如能百发百中地猜对，那真是人间少有的幸福伴侣。

　　我耐心地等待着你的试验……怎么样？做完了吧？你不仅仅做了一次，而是做了许多次。桌上的字条叠起又打开，打开又写下，好像一只只归巢后又驱赶而出的信鸽。你很希望能打破我的预言。但你做完后，为什么长久地沉默不语？还透出淡淡的忧伤？你的手指把字条扯成一缕缕，任它飘荡，好似破碎的思绪。

　　是的，真正的现实就是这般冷静而无商榷。最厚重的隔膜，就在咫尺之遥。在你以为肌肤相亲的帷幔当中，横亘着无法穿越的海峡。

　　科学技术是越来越发达了，但迄今没有一种仪器，可以测量出人类情感的进行状态，可以预计出人的情绪指数。当我们能够探知遥远星球的一次轻微地震的时候，我们不知道自己的同床伴侣，是否辗转反侧。爱情没有快译通，心灵的交流如此细腻朦胧。当我们以为自己洞察他人心扉的时候，其实往往隔靴搔痒、南辕北辙。

不要怨天尤人，不要动不动就上纲上线到爱与不爱。爱不是万能钥匙，爱不能在每一个瞬间都摧枯拉朽。爱无法破译人间所有的符码，爱纵是金属，也会有局限和疲劳。增进了解可以加固爱，误会错怪可以动摇爱，这是我们每个人都曾有过的体验。

隔膜往往是双层的。当我们无法正确地表达的时候，我们首先就失却了被人悟知的前提。所以，训练我们明快简捷、准确平和的表达能力，是人生的重要课题。不要以为说出自己的心思是一件很简单的事情，在很多时候，我们先是不敢说，再之是不肯说，然后是不屑说，最后就成了不会说。尤其是当我们软弱的时候，我们没有勇气说；当我们悲哀的时候，我们被文化的传统训导为不可说，说了就显得懦弱，说了就是渺小；当我们痛苦的时候，我们以为不当说，说了就招人耻笑；当我们孤独的时候，我们想不起来说。

其实，一个人的坚强与否，不在于他是否说出自己的苦难，而在于他如何战胜自己的苦难。说的本身，也是一种描述和正视，当我们能够直视那些令人痛楚的症结的时候，力量也就随之产生了。

　　既不夸大也不缩小，既不言过其实也不矫饰虚掩，直面惨淡的人生，逼视淋漓的鲜血，该是人生勇敢和智慧的境界。

　　其次我们要会听。有人说，听，谁还不会啊，是个人都带着自己的耳朵，想不听还办不到呢！

　　了解和交流，在于两颗心的同一律动，在于你深深地明了对方向你描述的那一切。从这个意义上来说，"会听"，也许是人生另一番需要修炼的深远功夫。坦诚地说出自己的感受，即便艰难，好歹还有自我的内心世界可以参照，只需勇气和描述的技术，基本就可完成。但听的功力，除了有一双好耳朵，还需有一颗擦拭干净、不畸形不变异的心。如果自心是哈哈镜，把人家的话听得变了形，那责任就不在说者，而在听者。

　　会听的心，要有大的空间，除了容纳自身，还

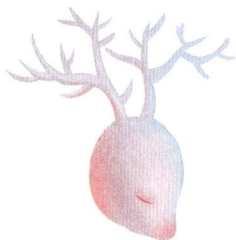

能接纳他人。会听的心，要有对人的真诚，因为听的那一刻，你将把心灵至尊的位置让给你的朋友。会听的心，是柔软和温暖的，令人感到融融的温馨。会听的心，是坚强的，因为它有自己顽强的意志，不会在袭来的痛苦之中摇摆淹没……

有一个可以救命的外科手术，叫作"心脏搭桥"，说的是在堵塞了血管的心脏上，再造一条新的流畅的脉络，让新鲜的充足的血液流入衰弱的心脏。我很喜欢这个手术的名称，借来一用。我们除了在自己的心脏上搭桥，也需在不同的心脏之间搭桥，以传达我们彼此之间的感觉和友谊。

25.

# 爱的喜马拉雅

毕淑敏
文集

有一句流传广远的话，广泛见于对英模楷范的宣扬中，那就是——他心中装着全体人民，唯独没有他自己。

反复灌输之下，就形成了一条关于爱的约定俗成："你爱众人吗，那你就肯定不爱你自己。你爱自己吗，那你就不可能爱更多的人。"爱自己和爱他人是南辕北辙的。这句话的核心内容是——爱自己与爱他人不能共存。

按照这种说法，爱是一种不可分割的脆弱之物。它是整体的，又是非此即彼的。它不是红的，就是白的，绝不可能是粉红的。如果可以分而治之的，就不是爱了，只是一块烤煳的蛋糕。爱是排他的，而在这架跷跷板的两端，坐着我们自己的屁股和整个人民的利益。

这就使得爱变得残酷和狭隘起来。要一个人不爱自己，是不合生理和正常规律的。如果我们不爱自己，感觉冷了，不去加衣服，感觉饿了，不吃东西……那样我们连自己最基本的生存，都发生了不可照料的恐慌，如何还有余力爱他人、爱世界？

把个人的利益和整体的利益分裂对立起来，是一种人为的敌意。顺序颠倒，情理不合。我们从自身的愉悦、自身的宝贵，感受到了世界的可爱和他人的价值。在使自己美好的同时，我们使整个世界由于我的存在，而多了一只飞舞闪亮的萤火虫，虽然微小，却不乏光明和美丽。

爱是那样一种复杂和需要反复咀嚼和提炼的感觉。没有哪个词，可以成功地复制和转移我们对于爱的表达。爱是可以溶解那么多情感的特殊液体，爱又是单纯、简约、精粹到任何语言的描述都显得索然和赘疣。

爱是人类所有发明中伟大和莫测的最初和收尾的精品，爱是永远不会有过剩危机的精神享用。

爱从自己开始，爱又绝不仅仅局限于自己。爱最后还是要降落在自己脑海的机场上，爱从我们内心的光源辐射到辽远的宇宙。爱能比我们的双脚走得更快更稳，爱能比我们的目光看得更深更远，爱能比我们的语言更美更多，爱能比我们的判断更直接更明晰……爱是这样的一座宝库，当你把信任存

入它的柜台后，它就把世上最美妙神奇的精神财富，源源不断地偿付给你。

也许有人会说，那古往今来的先烈和志士们，为了他人的利益，不惜牺牲了自己的性命，那又是在爱谁呢？

这的确曾是幼小的我百思不解的问题。每当我的思绪碰到这个隔离礁的时候，就不由自主地刹车了。但我终于在一个明朗的早上，豁然开朗。先贤们依旧是爱自己的，而且爱得非同寻常，爱得摧枯拉朽。他们不惜以自己有形的生命，去殉葬了无形的理想。他们热爱自己的信仰，胜过爱自己的四肢百骸。他们是爱的喜马拉雅。正是由于他们的存在，更加证明了爱自己，会使人产生出怎样不可战胜的力量和勇气。表达了爱对死亡的威胁，是一种不可逾越的永恒。那是爱的珠穆朗玛啊！在那寒冷苍莽的顶峰，爱就显现出圣洁和孤独的雪光。因为一般人的不可企及，就把它神化以至想当然地——对不起，我说得可能有点儿冒犯，因为我们未能以生死相抵——我们把先贤的献身简化了。我们以为他们不曾想到自己，实际上，他们把自己的意志和选择看得高于和重于人仅有一次的生命，他们是超拔和孤独的巨臂。

清醒地、果敢地把生命投入某项事业当中的人，具备大智大勇，值得人类瞻仰和崇敬。如果你未能体察这一点，且慢擅论信仰，犹如"夏虫不可语冰"。

# 26

# 你愿意变成女性吗

多年前，我在北师大学习心理学博士课程的时候，有一天，同学们玩一个游戏，名称是——你愿意变成女性吗？

大致步骤如下：请你准备一张白纸，当然还要有一支笔。然后，深深地呼吸，平稳、放松，使自己的心态变得如同大海边的金沙滩，静寂而幽远，然后轻轻地叩问心灵。你喜欢自己现在的性别吗？如果你喜欢，就请坚持。如果你不喜欢，请想象一下如果有来世……你有权改变自己的性别。你愿意变成女性（或男性）吗？好，用笔写下来。

这是一个令人惊诧到匪夷所思的想法。心理学有时候很有意思，它会在一些貌似离奇古怪的念头中，侦查出每个人隐藏极深的自我，在荒谬中显露

峥嵘的真相。同学们踊跃投入，开始凝神苦思。有
的人飞快地得出了结论，一挥而就；有的人在纸上
涂涂改改，朝三暮四地拿不定主意；我基本上属于
倚马可待的那派，三下五除二地写下：

假如有来世，我愿意做男性。

大家写完之后，经过统计，发现了一个有趣的
现象，男性愿意变成女性的少，女性愿意变成男性
的多。老师告诉我们，这基本上是一个普遍的规
律。这个游戏，无论在东方还是在西方，也无论人
种、国别和族别，被试者都比较喜欢充当男性。

游戏到这里并没有完。老师说，你们还要在纸
上写下去，如果你来世要做女人，请为你定下具体
的形象，比如身高的厘米，比如体重的公斤，比如
肤色的类别，比如头发的长度，比如身世学养和财
富等（想做男性的也一并照此办理，为了叙述的简
便，我将男性那一部分略去，请见谅）。

这下子可就更热闹了。准备继续做女人的人，
纷纷为自己的来世画一幅细致华美的蓝图。写好之
后，大家抢着对答案，结果竟是出奇的相似。满
纸上的字迹都是：身姿窈窕，1.70米，55公斤，肤
白胜雪，长发如瀑，明眸皓齿，有的干脆半开玩笑

地写上了丰乳肥臀。至于身世吗，清一色的书香门第。财富吗，最低档的也是吃喝不愁小康以上，更理想的就成了锦衣玉食、车载斗量。说到学养，学士学位是最起码的，硕士、博士占了半壁河山，填了博士后的也大有人在。

后来，大家又进行了详尽而热烈的讨论。我从这个游戏中察觉了自己性别意识的偏差，有了很多令自己震惊的发现，在这里就不一一赘述了。单单说一条，我终于明白了为什么那么多的人不愿意做女人。因为做女人更辛苦，更艰难，更多苦恼也更多被歧视。纵使一些人最终选择了做女人，也只愿意做美丽的女人，做漂亮的女人，做有身份、有地位的女人。简言之，就是只做集财富美貌宠爱于一身的高贵女人。

　　可是放眼大千世界，滚滚红尘中，这样高贵的女人又有多少呢？还是草芥一样平凡的女子多，身世贫寒，相貌一般，没有经天纬地的才能，也没有旷世难求的佳缘，有的只是沉默和坚忍、付出和等待。有多少不愿意做女人的女人，含辛茹苦地坚守着这个性别，并力求做得出色？有多少不够完美的女人跋涉在泥泞中，依然孜孜不倦地追索着回眸一笑的神采？有多少卑微的女人，相夫教子，朴素而宁静地走完了一生？女人，在某种程度上，意味着更沉重、更谦逊的贡献，意味着更烦琐、更细腻的责任。

　　很多很多的女人，曾把她们的故事告诉我。面对这种推心置腹、肝胆相照的信任，我以为最好的报答，就是把她们的故事和感悟，转告给更多的女人。她们所送我的这份礼物太贵重了，独享就是辜负。

　　如果今天让我做那个"倘若有来世，你是否还做女性"的游戏，我将修改当年的结论：我愿意继续做女性。因为这个性别的沉重和丰硕，因为这个性别的坚忍和慈悲。

# 27

# 关于爱的奇谈怪论

毕淑敏文集〔〕

　　爱是人们常常谈论的话题，因为在空气、水分、食物和安全之后，就是我们的爱了。比如安全这个问题，表面上看来是对环境的要求，其实是一种爱的深化，我们只有在爱中，才感觉自己是有价值，是值得爱护保护珍惜和发展的。一个丧失了安全感的人，是无法从容爱自己和爱世界的。比如人际关系，更是爱的浓缩和放大。难以设想，一个不爱他人的人，会有广泛的朋友和良好的社会关系。当然，他的身旁可能会聚集着一些人，但那不是心灵的需要，只是利益的驱使。谈到自我实现，更是爱的高级阶段。因为你的爱，超越了一己的范畴，才扩展到更广阔的人和事物。在这种升腾与弥散的过程中，爱变成一种柔和的光芒，从一个核心的晶体稳定地散发着，把温暖和明亮播扬到远方。

但是，当人们议论起爱的时候，却有着许多混淆和迷乱的地方。爱成了一个花脸，大家都随心所欲地涂抹着它的面孔，把自制的油彩敷在它的嘴角和眉梢。爱于是变得面目诡谲和莫测起来。有几个流传很广的说法，我想提出讨论。

其一，爱和年龄有关吗？

这是人们通常不付诸书面，但彼此心照不宣的概念。具体意思是——只有年轻人才享有充沛富饶的爱意，它的浓度随着年龄的增长而逐步递减，从高耸的爱的山峰萎缩至贫瘠的爱的荒原。由于这一假设的存在，年轻人因此而沾沾自喜，觉得自己仿佛享有一个爱的太平洋，可以不加计算地挥霍爱意。上了年龄的人则很气馁，当谈到爱的时候，很有一些王顾左右而言他的窘迫。爱的门扉已经像一家到了下班时间的商场，缓缓关闭。店员们带着疲惫的笑容在重复着"谢谢光临"，你也花光了所有的积蓄，即使别人不翻白眼，自己也无颜再耽搁，只有缩起脖子夹着尾巴却步抽身，才是明智之举。

有一种影响约定俗成，那就是——爱，似乎是年轻人的专利，或者只有他们才有深入探讨这个话题的必要。当人们说到中年或老年人的爱意时，会扭扭捏捏地觉得那是一种爱的残次品，不那么正宗，不那么地道。比如在形容青年以上年纪人的爱情的时候，基本不会用火热这个词，而只以温馨代替。毋庸置疑，温馨比火热的温度，要差着好几个数量级呢。

在人们约定俗成的看法中，爱是有年龄限制的。它大量地存在于生命旺盛的青少年，而较少地分泌于生命渐趋平稳和衰落的成熟期和晚期。

这岂止是谬误的，首先是奇怪的。它把爱这种密切属于人类的高等和神圣的感情，简化到相当于睾丸素、黄体酮之类内在的激素分泌物和诸如皱纹和胡须这种简单的外在指标了。

这必然首先牵涉到爱是一种生理现象还是一种精神现象？

持年轻人拥有最多的爱意的看法的人，其实是把爱定位在激素特别是性激素的产量上了。如果这样来看，年轻人是一定会把老年人打败的。但不幸或者是有幸的是，爱是一种精神的状态，是一种需要不断修炼和提高的艺术，是一种积累经验审视自我的完善过程。因此，爱是和年龄无关的。

证据就是，爱可以在年轻人那里发生，也可以在老年人那里发生。从有人类以来的无数故事和历史可以证明，爱不是年龄的产品，它是心灵的能力。

其二，爱和对象有关。

中国有一句俗语，现在被人用得越来越多了，那就是——遇人不淑。原来是女人专用的，如今也常常听到被抛弃和被耍弄的男人长吁短叹此词。爱错了人的惨剧，古往今来，总是屡屡发生。人们在唏嘘之余，总是悲叹那薄命女子痴情汉，怎么不把眼睛拭亮，偏偏遇到了不该爱不能爱的人，稀里糊涂地就爱上了，且爱得水深火热！

于是顺理成章地归纳出：在此情此景中，爱是没有过错的，错的是那爱的对象，不能承接爱，不能感悟爱，不配得到爱……总之一句话——所爱非人。不是有一首很有名的歌吗，叫作《爱上一个不该爱的人》……

这就很有一点讨论的必要了。

爱在这种悲剧中，似乎是孤立的一盆水，可以从楼台上闭着眼睛，泼到任何一个人的头上，凭的是冥冥之中的概率。和那个施爱者是没有关系的。甚至有一种可怕的论调，爱是盲目的，爱是碰运

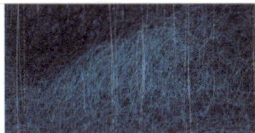

气，爱是不可知不可测定的，爱是没有规律的……

爱在这里蒙上了宿命和诡谲的色彩，被妖魔化了之后，躲在命运的山洞里，伺机以画皮的模样谋害我们。

这样以少数人的愚蠢所导致的失利，来嫁祸于爱的清白之躯，是不公平和不正派的。

爱是一个正常心智的明媚选择，它积聚了一个人的精神能量和所有的素养智慧，是综合力量的体现。它首先表现在施爱者是有力量和有眼光的。如果你根本没有爱的能力，好比压根儿就不会游泳，你误入爱的海洋，你被淹得两眼翻白，甚至有生命危险，但这不是海水的过错，这是因为你对自己技艺判断的失误。这是你的责任，怎么能迁怒于一望无际波澜壮阔的大海呢？人们对于自然界是如此宽宏大量和易于理解，为什么就对与我们休戚与共的爱，如此苛求相逼呢？这后面是否掩藏着我们人类对自己的宽纵和对无言情感的肆意欺凌呢？

你爱错了，责任在你。不但说明你的眼睛不亮、视力散光、聚焦不准，而且说明你根本就不懂什么是爱。灾祸发生之后，搞清楚责任，是一件很痛苦和扫兴的事情，特别是在枝蔓生长到一败涂地的时候，挖掘出最初那悲惨的种子，原来竟是自己亲手播种的，当灾异显出狰恶之相时，自己非但没有亡羊补牢斩草除根，反倒以血饲虎姑息养奸以致贻害无穷……需要极大的勇气和力量审判自己。甚至可以武断地说，由于这类悲剧事件的主人公，原本就对爱的理解颇为肤浅偏颇，当他们气定神闲的时候，你都不能指望他们的明智与清醒，在危机翻江倒海而来的时候，期待他们能有很好的自省力度，几近奢望。同时，我也深信，不幸的现场，如果善加发掘，是一堂虽然付出高昂学费，但也会物有所值的宝贵课堂。有时，幸福这个老师，和颜悦色地教授给你的学问，绝对逊色于灾难声色俱厉的鞭挞。可惜的是，浑身伤痕的爱的败阵者，怨天尤人地呓语着，骂遍了天下人，单单饶过了自己。所以，我很想煞风景地提醒一下善良的人们，对于在爱的战役中的败将，如果他或她没有对自身的反思和批判，如果在交了一笔昂贵的爱的学费之后，学会的只是指责怨恨，那么，无论他或她显出多么楚楚可怜的模样，你可以帮助以金钱，却勿倾泻情感。他们不懂真爱，还须努力学习。

搞清爱的最主要方面，不是在于爱的对象，而在于爱的主体，是沉冷峻严的判断。当你在人世间承受着种种知识的积累的时刻，你还须不断地历练对于爱的思索和实践。你要善于总结经验。如果不把主要的光圈聚焦在自己的爱的基准上，只是在大千世界的林林总总中发泄怨气、推卸责任，你就不但受到了来自他人的情感重创，而且还丢失了以后避开类似伤害的亡羊补牢的篱笆。

有很多人以为，只要成功地找到了一个可爱的人，爱就如霍乱病菌一般，自动地以几何数量级地滋生起来，剩下的事，就是不断地收获爱的果实了。他们以为，爱主要是一个寻找的过程，找对了，就一好百好，找错了，就一了百了；是一件虎头蛇尾的事，成败仅仅维系在开端部分。

于是，找到那爱的对象就成了千钧一发生死未卜的事情。此事一完成，就马放南山、刀枪入库，只剩等着岁月这个发牌员，验证我们当初押下的签了。

爱是一时一事还是一生一世？

爱是一锤定音还是守护白头？

爱是一失足成千古恨还是勤勉呵护日积月累？

爱是变数还是常数？爱是概率还是守恒？

……

你的爱情等待你的看法。你的爱情验证你的看法。你能够有什么样的爱情观，你就有什么样的爱情。你的观念就是你的命运。

原谅我说得这般决绝甚至带有一点霸道。因为它实在太简单了。引发悲惨结局的肇事者，常常不是对复杂事物的判断，而是对常识的藐视和忽略。

毕
淑
敏
文
集

东西用得久了，便会磨损。小到一双鞋子，大到整个天空。于是诞生了修补这个行当。从业人员从街头古朴的老鞋匠，到谁都未曾谋面的一位叫作女娲的神仙。

只有珍贵的东西，才需要修补。我们不会修补一次性的筷子和菲薄的面巾纸，但若损坏的是一双象牙筷子和一幅名贵字画，又是家传的珍宝和友人的馈赠，那就大不一样了。你会焦灼地打探哪里有技艺高超的工匠，为了让它们最大限度地恢复原貌，不惜殚精竭虑。

我们修补，是因为我们怀有深情。在那破损的物件的皱褶里，掩藏着岁月的经纬和激情的图案。那是情感之手留下的独一无二的指纹，只属于特定的人和特定的刹那。

考古人员修复文物，所费的精力，绝对大于再造一件新品。比如一只陶罐，掉了耳朵，破了边沿，漏了帮底，假若它是新出厂的，肯定扔到垃圾箱里，但在修复者眼里，它们是不可替代的唯一。于是绞尽脑汁，将它复原到美轮美奂。陶罐里盛着凝固的历史和永恒的时间。

修补是一个工程，需要大耐心、大勇气、大智慧。耐心是为了对付那旷日持久的精雕细刻，勇气是为了在漫长的修复过程中，坚定自己的信念和抵御他人的不屑。智慧是为了使原先的破损处，变得更加牢靠而美观。

人们常常担心修补过的器物是否还有价值。也许在外观上会遗有痕迹，但在内在品质上，修补处该更具强韧的优势。听一位师傅说，锔过的碗，假如再摔于地，哪怕别处都碎成指甲盖大的碗碴儿，但被锔钉箍过的瓷片，依旧牢牢地拢在一起。

爱情是我们一生中最需精心保养的器皿，具备可资修补的一切要素。爱是珍贵的，爱是久远的，爱是有历史的，爱是渗透了情感的，爱是无价之宝。

爱情的修理工，不能假手他人，只能是我们自己。当我们签下爱情契约的时候，也随手填写了它的保修单。我们既是爱情的制造者，也是它的使用者和维修点。这种三合一的身份，使人自豪幸福也使人尴尬操劳。爱情系统一旦出了故障，我们无法怨天尤人，只有痛定思痛地查找短路，更换原件，改善各种环境和条件……

古书上说，假如宝玉有了裂纹，可用锦缎包裹，肌肤相亲，昼夜不离身。如此三年，那美玉得了人的体温滋养，就会渐渐弥合，直至天衣无缝，成为人间至宝。

不知这法子补玉是否灵验？若以此法修补爱情，将它放进两颗胸腔，以血脉灌溉，以精神哺育，以意志坚持，以柔情陶冶，它定会枯木逢春，重新郁郁葱葱。

## 29.
# 费城被阉割的女人

写下这个题目，心中战栗。这不是我起的题目，是她自己——那个费城的女人对自己的命名。那个秋天的午后，在费城雪亮的阳光下，我们都觉出彻骨的寒冷。

从华盛顿到纽约，中途停顿。从费城下火车，拖着沉重的行囊。我们（我和翻译安妮）要在这里拜会贺氏基金会的热娜女士，进行一场关于女性的谈话。计划书上，这样写着：我们将同贺氏基金会的负责人热娜一同共进午餐，地点由她选定，费用AA制。

热娜是一位身材瘦小的白人女性，面容严峻。握手的时候，我感到她的手指有轻微的抖动，似在高度紧张中。她同我们抵达一座豪华的五星级饭店，闹得我也开始紧张。

我觉得美国人普遍受过训练，谙熟在察觉自我紧张之后的处理方式，就是将它现形，直接点出紧张的原因，紧张也就不攻自破了。落座后，热娜挑明说："我有些紧张。通常，我是不接待新闻和外事人员的。只是因为你是从中国来，我才参加这次的会面。基金会接到来自世界各地妇女的咨询电话，每年约有一万次。但是，来自中国的，一次也没有。从来没有。"

我说："当中国妇女了解了贺氏基金会的工作之后，你也许就会接到来自中国的电话了。"

热娜开始娓娓而谈：

贺氏基金会主要是为可能切除子宫和卵巢的女性提供咨询。在基金会的资料库里，储存着最丰富、最全面、最新近的有关资料，需要的女性都可以免费获得。

据我的统计，全世界有9000万妇女被切除了子宫，其中的6000万被同时切除了卵巢。在美国，这个数字是全美每年有60万妇女被切除了子宫，其中的40万同时被切除了卵巢。卵巢和子宫，是女性最重要的性器官，它们不是不可以切除，但那要为了一个神圣的目的，就是保全生命的必须，迫不得

已。而且，身为将要接受这种极为严重的手术的女性，要清楚地知道将要发生在自己身上的是怎样一回事，它有哪些危险，不但包括暂时的，也要包括长远的。

但是，没有。没有人告知女性这一切。有多少人是在模糊和混乱的情形下，被摘除了自己作为女性的特征。我个人的经历就是最好的说明。

我的经历对我个人是没有什么帮助了，但我要说出来，因为它对别的女性可能会有帮助。噩运是从18年前开始的。我在宾夕法尼亚大学心理系任助理研究员，同时还在上学。那时我36岁，有三个孩子。每天很辛苦，早上5点30分起床，送孩子到幼儿园去，晚上10点半才能回到家。我的月经开始不正常，出血很多。我的好朋友为我介绍了一个医生，我去看。他为我做了检查之后说，我的子宫里有一个囊肿，需要切除。我很害怕，就连着看了五个不同的医生。他们都说需要切除。我记得最后一位是女医生，她说："你必须手术，你不能从我这里回家。因为你回家之后就可能会死，那样你就再也看不到你的孩子了。"我说："做完了手术之后，会怎么样呢？"她说："你会感觉非常好的。"我还是放不下心，就到图书馆去查资料，书上果然说得很乐观，说术后对人不会有什么影响。

我相信了这些话，同意手术。

手术的前一天晚上，我的感觉不好，很不好——我的第六感告诉我。我把不安对丈夫说了，他是一个律师，听了以后很不高兴，说你不要这样婆婆妈妈的。医生说："你不做手术会死。"填手术申请表的时候，他说："这上面有一栏，必要的时候，除了子宫以外，可能会切除你的卵巢。"我说："我不切。"他说："可是我已经签了字。"我说："你换一张表吧，另签一次。"这件事我记得非常清楚，那是犹太节的前一天。

后来，在手术中，没有征得我们的同意，医生就把我的子宫和卵巢都切除了。我是满怀希望地从手术中醒来的，但没想到，我整个变了一个人。那种感觉非常可怕，没有词可以形容。我从医院回到家里，觉得自己的房子变得陌生，一切都和以前不一样了。我极力说服自己忽视和忘记这些不良的感觉，快乐起来，但是我的身体不服从我的意志。子宫不仅仅是一个生殖的器官，而且还分泌激素。切除之后对女性身体的影响，大大超出人们的想象。据统计，76%的女性切除子宫之后，不再出现性高潮，阴蒂不再接受刺激，阴道内也丧失了感觉。很多女性的性格发生了改变，变得退缩，不愿与外界打交道，逃避他人。如果你因此去看医生，医生总

是对你说，这是心理上的问题，但我要用自己的经
历说明，这不是心理上的，而是生理上的。

　　我的身体一天天差下去，做爱时完全没有感觉，
先生就和我疏远了。我把自己的感觉告诉他。我说：
"我走路的时候，总是听到声响，我以为背后有人，
回头看看，没有人，可是那声音依然存在。后来我知
道了，那声音是从我的盆腔里发出来的。"可他不愿
听。两个月后，我的情况越发严重起来。我的腿、膝
关节、手腕、肘部……都开始痛，我连吃饭和打电话
的力量都没有了，甚至看书的时候，都没有力气翻动
书页。我去看骨科医生，他说我的骨骼没有毛病。但
是我的症状越来越重，医生们怀疑我得了某种不治之
症，就把我关进了隔离室。但我连被子的重量都承受
不了，医院就为我定制了专门的架子，放在床上，以

承接被子的重量。

就这样煎熬着。医生们不知道我得的是什么病，但我非常痛苦。后来，我的丈夫和我离了婚。一位实习医生说，他认识中国来的针灸大夫，或许能看我的病。我半信半疑地到中国城去了一趟，那里又脏又破，简陋极了。我是一个受西方教育的人，很相信西医。我什么也没同针灸大夫说，就转身走了。

这样又过了两年。我的体重下降得很厉害，只有75磅，再不治，我马上就要死了。每天睁开眼，我就想："我还有什么活下去的理由呢？"我想自杀。但我想到，一个孩子，他可能有第二个父亲，但不会有第二个母亲。为了我的孩子，我要活下去。后来，我的朋友把我抬到针灸大夫那里。前几次，好像没有什么明显的疗效，但是从第四次起，我可以站起来了。到了第二个月，我的骨骼就可以承受一点儿重量了，我能戴手镯了。

每周两次针灸，这样治疗了九年后，我的身体渐渐恢复。我开始研究我所得的病，收集资料，我的孩子也帮着我一起查找。这一次，我找到了病因，这是子宫切除后的典型症状之一。此后的两年里，我一直钻到图书馆里，直到成为这方面的专家。

这时候，我遇到了一位同样切除了子宫的女

性，她只有28岁，切除术后，也是感觉非常不好。她对我说："医生为什么没有告诉过我这一切？他们只说术后会更好，但真实的情况根本就不是那么一回事。"她还说："事先，我也问过一位同样做过这种手术的女友，我问她：'会比以前更好吗？'她说：'是的，是这样的。'但我做完了手术，感觉很不好的时候，我再次问她，她说，她的感觉也很不好。我说：'那你为什么不在事前告诉我实话呢？'她说，她不愿说实话。她不愿独自承受痛苦，她希望有更多的人和她一样痛苦。"

这时，我才发现，有这种经历的不仅仅是我一个人。在女人被切除子宫和卵巢之后，改变的不但是性，还有人性。我还见过一个女孩子，只有18岁，简直可以说是个儿童，也被切除了子宫。她热泪盈眶地说："为什么没有人告诉我一切？"她的母亲也曾做过子宫切除，但她的母亲也告诉她，做过之后会更好。手术之后，她对母亲说："为什么连你也不告诉我真相？"母亲说："没有人敢说'我没有性别了'，说'我丧失性了'。就算我是你的母亲，这也是难以启齿的事情。这是隐私，你不可能知道真相。"

我知道，这不仅仅是我个人的事情了，是众多女性面临的重大问题。我要尽我的力量。我到电视台去宣讲我的主张，我的孩子和我离婚的丈夫都在看这个节目。临进演播室的时候，我吓得要命，一口气吞下了两颗强力镇静剂。

我说，这个世界上有这么多被阉割的女人，有多少人清楚地知道将要发生的一切，会给她们带来怎样深远的影响？医生不喜欢听"阉割"这个词，但事实的真相就是如此。我做研究，喜欢用最准确、最精当的词来描述状态，无论那状态有多么可怕。这些女人有权利知道将要发生的事情。

我说，不要以为在这个过程中，女医生和过来人的话就可以听。女人伤害起女人来、背叛起女人来，也许比异性更甚。人性的幽暗在这里会更充分地暴露。

劝你做子宫摘除术的女医生会说："你还要你的子宫干什么？你已经有孩子了，它没有用了。"在这种时候，女医生显示的是自己的权力。她只把子宫看成是一个没用器官，而不是把它和你的整个人联系在一起。

在美国，摘除女人的子宫是医院里一桩庞大的产业。每年，妇女要为此花费出80亿美元。这还不算术后长期的激素类用药的费用。可以说，在药厂的利润里，浸着女性子宫的鲜血。所以，医生与药厂合谋，让我们的空气中弥漫着一种谎言。他们不停地说："子宫是没有用的，切除它，什么都不影响，你会比以前更好。"面对这样的谎言，做过这一手术的女性，难以有力量说出真相，总以为自己是一个特例。她们只有人云亦云地说："很好，更好。"于是，谎言在更大的范畴内播散。

我并不是说，子宫切除术和卵巢切除术就不能做。我不是这个意思。我只是说，在做出这个对女性有重大影响的决定中，女性有权知道更多，知道全部。

那一天，我说了很多很多。我都说了。我不后悔，可是我说完之后，在大街上走了许久许久，不敢回家。后来是我的孩子们找到我，他们说："妈妈，你说得很好啊。"

我成立了这个贺氏基金会，我这里有最新的全面资料。当一个女性要进行子宫和卵巢手术的时候，可以打电话来咨询。这就是我现在的工作。完全是无偿的。我还组织全世界丧失子宫和卵巢的妇女来费城聚会，我们畅谈自己的感受。在普通的人群中，你也许会感到自卑，觉得和别的女人不一样，甚至觉得自己不再是女人了。但在我们的聚会里，你会看到这个世界上和你一样命运的还有很多人，你就有了一种归属感。你会更深刻地感知人性。

　　热娜一直在说，安妮一直在翻译，我一直在记录。我们在费城只做短暂的停留，然后就要继续乘火车到纽约去。我们各自的午餐都没有时间吃，冷冷地摆在那里，和我们的心境很是匹配。

　　热娜送我们赶往火车站。分手的时候，她说："我说了很多话，你几乎没有说什么话。可我能感觉到你是一个善良的人，我现在很会感知人。从当年那位中国针灸医生身上，我就知道中国有很多善良的人。"

# 30

# 为什么是我

毕淑敏
文集

我会见全美癌症康复中心门诊部的吉妮赖瑞女
士。她说："我们这里有各式各样的癌症资料，你
对哪些方面最感兴趣呢？"我说："因为我自己就
是女性，所以我对女性的特殊癌症很想多了解一
些。"吉妮赖瑞说："那我就向你详细介绍乳癌中
心的工作情况吧。在美国，1999年，共有新发乳癌
病人18.28万。每个病人的手术费用是1万美元。政
府对40岁以上的乳腺癌病人，每人提供750美元的
帮助。"

乳腺癌是严重危害妇女健康的杀手，是第二号
杀手，危害极大。

听着吉妮赖瑞女士的介绍，我叹息说："身为
女性，真是够倒霉的了。因为你是女的，因为你的

性别，你就要比男人多患这个系统的疾病，而且不是一般的病患，一发病就这样凶险。"

吉妮赖瑞说："是啊，作为我们没得这个病的人都这样想，那些一旦得知自己患了乳腺癌的妇女，内心所受的惊恐和震撼是非常巨大的。除了人最宝贵的生命受到了威胁以外，即使度过了急性期，也还有许许多多的问题摆在面前。有一些癌症，比如肺癌胃癌，做了手术，除了身体虚弱，从外表上看不出来。但是，乳腺癌就完全不一样了。即使手术非常成功，由于乳腺被摘除，女性的外形发生了极大的变化，曲线消失了，胸口布满了伤疤，肩膀抬不起来，上臂水肿……她觉得自己不再是个女人了，她不能接受自己的新形象。她的心理上所掀起的风暴，其猛烈的程度是我们常人所难以想象的。乳腺癌的病人，假如发现得较早，术后一般有较长的存活期，她们面临的社会评价、婚姻调适、就业选择等问题，就有了更多特殊的障碍。也许她这一时想通了，但一遇到风吹草动，沮丧和悲痛又会把她打倒。还有对复发的恐惧，化疗中难以忍受的折磨，头发脱落青春不再……

"所以，我们专为乳腺癌病人办的刊物的名称就叫作——《为什么是我？》"

为什么是我？

　　我轻轻地重复着这个名称。乍一听，有点儿不以为然，觉得不像个刊物的名称，不够有力，透着无奈。但设身处地一想，假如我得知自己患了乳腺癌（我猜大多数人一定是从检验报告中得知的，那一瞬，恐怖而震惊），面对苍穹，发出无望的呻吟和愤怒的控诉，极有可能就是这句凄冷的话——为什么是我？！

　　我说："你们这个刊物的名称起得好。这使那些不幸的妇女，听到了一声好像发自她们内心的呼唤。"

　　吉妮赖瑞说："是啊。孤独感是癌症病人非常普遍的情绪。现代人本来就很孤独，你若得了癌症，更感到自己是世界上最倒霉的人，觉得别人都难以理解你。特别是女性，那一刻的绝望和忧郁，可能比癌症本身对人的摧残更甚。我们首先要帮助病人收集有关的资料，让她尽快地得到良好的治疗。当然，我们也会推荐她们多走访几家医院，多看几位医生，听听各方面的意见。如诊断无误，就及早手术。在疾病的早期，信息的收集、沟通和比较是非常重要的。我们的工作主要集中在这方面。病人一旦进入手术室，我们就转入下一个步骤。也就是说，当患病的妇女乳房被切掉的那一刻，我们的志愿者就已经等在手术室的门外了。

　　"患病的妇女从麻醉中醒来，都会特别关注自己乳房的情况。这时，我们组织的受过专门训练的护士，就要为她们开始服务。待到病人们的身体渐渐康复，下一步的心理和精神支持就变得更加重要了。

　　"我们的癌症看护中心是一个有着56年历史的机构，和各个医院都有很密切的联系，可以及时得到很多情况。我们还在报上发表'征友启事'，建立起乳腺癌病人的小组。从我们的经验看，小组的分类越细致越好。乳腺癌本身就有各种分期，早期、中期、晚期……各期病人所遇到的具体困难和对生命的威胁以及其他相关问题，每个人考虑的轻重缓急是不一样的。还有年龄的区别，一个20多岁的白领女性和一个70多岁的贫民老人，忧虑的问题显然也是不相同的。所以，经过广泛的征集，我们建立起各式各样的乳腺癌康复小组。比如新发的还是复发的，比如是有孩子的母亲还是独身女性，比如是离异的还是未婚的，比如乳房修复是成功还是不很成功的，比如有乳腺癌家族史还是没有这种历史的，比如同是非洲裔还是亚洲裔……

　　"特别是在长期存活的乳腺癌病人当中，遇到的问题就更是常人所不曾遇到的。比如未婚还是离异的乳腺癌病人，是否再次结婚？何时交友较为适宜？再婚的风险性如何？怎样与男性约会？在交往的哪一个阶段，告知男友自己的乳腺癌病况……"

这一番介绍，直听得我瞠目结舌。以我当过医生的经历，想象这些都不是很困难的事情，但最关键的是——我从来也不曾考虑过这些问题。我相信自己在医生当中绝非最不负责任的，但我们当医生的，即使是一个好医生吧，也只是局限在把病人病变的乳房切下来，没有术后感染，我的责任就尽到了。病人出院了，我的责任也就终结了。至于这个病人以后的生活和生存状态，那只有靠她自己挣扎打斗了。有多少泪水在半夜曾湿透衾被？有多少海誓山盟的婚姻在手术刀切下之后也砰然而断？

身为女性，身为医生，我为自己的粗疏和冷漠而惭愧。我由衷地钦佩这家机构所做的工作。疾病本身并不是最可怕的，世界上没有一种原因，可以直接导致人的苦闷和绝望。可怕的是人群中的孤独，是那种被人抛弃的寂寞。癌症使人思索很多人生的大问题，它可怕的外表之下，是一个坚硬的哲学命题。你潇潇洒洒随意处置，曾以为是无限长的生命，突然被人明确地标出了一个终点。那终点的绳索横亘在那里，阴影的紧迫已经毫不留情地投射过来。人与人的关系，在这天崩地裂的时候，像被闪电照亮，变得轮廓清晰、对比分明。灾难是一种神奇的显影剂，把以往隐藏起来的凸显出来，模糊的尖锐起来，朦胧的变得锋利，古旧的娇艳起来。在这种大变故的时候，人是孤单的，人是渺小的，人是脆弱的。

中国有句古话，叫作"人生得一知己足矣"，又说"同病相怜"。我觉得癌症康复中心小组的精髓，就体现在了这一点。在茫茫人海中，把相同的人挖掘出来，是一项伟大的工程。也许你正躲在暗处哭泣，但走进一间明亮的房间，你看到100个和你同样的人，同样的病症，同样的经历，同样的苦恼，然而她们正在微笑。这本身就具有多么大的喜剧意义啊。

这是一个朴素的做法。凡是具有穿透人心的魔力的事件，本身都是朴素的。人们相濡以沫，勇气就在相互的交往中发酵着、膨胀着，汇成强大的力量。

31.

# 成千上万的丈夫

毕
淑
敏
文
集
〈
八
〉

　　有成千上万的男人，可以成为我们的丈夫。

　　这句话，从一位当律师的女友嘴中一字一顿地吐出时，坐在对面的我，几乎从椅子滑到地上。

　　别那么大惊小怪的，这话也可以反过来对男人说，有成千上万的女人，可以成为你们的妻子。你知道我不是指人尽可夫的意思，教养和职业，都使我不会说出这类傻话，我是针对文学家常常在作品中鼓吹的那种"唯一"，才这样标新立异。女友侃侃而谈。

　　没有唯一，唯一是骗人的，你往周围看看，什么是唯一？太阳吗？宇宙有无数个太阳，比它大的、比它亮的，恒河沙数。钻石吗？也许有一天我们会飞到一颗由钻石组成的星球，连旱冰场都是用钻石铺成的。那种清澈透明的石块，原子结构很简单，更容易复制了。指纹吗？指纹也有相同的，虽说从理论上讲，几十亿上百亿人当中才有这种可能性，好在我们找丈夫不是找罪犯，不必如此精确。世上的很多事情，过度精确，必然有害，伴侣基本是一个模糊的数学问题，该马虎的时候一定要马虎。

有一句名言很害人，叫作"每一片绿叶都不相同"。我相信在科学家的电子显微镜下，叶子间会有大区别，楚河汉界，但在一般人眼中，它们的确很相似，非要把基本相同的事物看得不相同，是神经过敏故弄玄虚。在森林里，如果带上显微镜片，去看高大的乔木，除了满眼惨绿，头晕目眩，无法掌握树林的全貌，只得无功而返，也许还会迷失方向，连回家的路都找不到了。

婚姻是一般人的普通问题，不要人为地把它搞复杂。合适做你丈夫的人，绝非前无古人、后无来者的异数，就像我们是早已存在的普通人，那些普通的男人，也已安稳地在地球上生活很多年了。我们不单单是一个人，更是一种类型，就像喜欢吃饺子的人，多半也热爱包子和馅儿饼。大豆和蓖麻天生和平共处，玫瑰和百合种在一处，每处都花朵繁茂，枝叶青翠。但甘蓝和芹菜相克，彼此势不两立，丁香和水仙更是水火不相容，郁金香干脆会置勿忘草于死地……如果

你是玫瑰，只要清醒地、坚定地寻找到百合种属中的一朵，你就基本获得了幸福。

当然了，某一类人的绝对数目虽然不少，但地球很大，人又都在走来走去，我们要在特定的时间遭遇到特定的适宜伴侣，也并不是太乐观的事。

相信唯一，你就注定在茫茫人海东跌西撞寻寻觅觅，如同一叶扁舟想捕获一条不知道潜在何处的鳟鱼，等待你的是无数焦渴的黎明和失眠的月夜。

抱着拥有唯一的愿望不放，常常使女人生出组装男友和丈夫的念头，相貌是非常重要的筹码，自然列在前茅，再加上这一个学历高，那一个家庭好，另一个脾气温柔，还一个事业有成……女人恨不能将男人分解，剥下各自最优异的部分，由女人纤纤素手用以上零件黏合成一个完美的新男人，该是多么美妙！

只可惜宇宙浩茫，到哪里寻找这胶水！

这种表面美好的幻想核心，是一团虚妄的灰雾在作祟，婚姻中自然天成的唯一佳侣，几乎是不存在的。许多婚礼上，我们以为天造地设的婚姻，夭折得如同闪电。真正的金婚银婚，多是历久弥新的磨合与默契。

女人不要把一生的幸福寄托在婚前对男性千锤百炼的挑拣中，以为选择就是一切，对了就万事大吉，错了就一败涂地，选择只是一次决定的机会，当然对了比错了好。但正确的选择只是良好的开端，即使航向对头，我们依然也会遭遇风暴，淡水没了，船橹漂走，风帆折了……种种危难如同暗礁，潜伏航道，随时可能颠覆小船，选择错了，不过是输了第一局，开局不利，当然令人懊恼。然而赛季还长，你可整装待发，蓄势来看，只要赢得最终胜利，终是好棋手。

在我们人生旅途中，不得不常常进入出售败绩的商场，那里不由分说地把用华丽外衣包装的痛苦强售给我们。这沉重惨痛的包袱，使人沮丧，于是出了店门，很多人动用遗忘之手，以最快的速度把痛苦丢弃了，这是情绪的自我保护，无可厚非，但很可怜，买椟还珠，得不偿失，付出的是生命的金币，收获的只是垃圾。如果我们能够忍受住心灵的煎熬，细致地打开一层层包装，就会在痛苦的核心里找到失败追击赠送的珍贵礼品——千金难买的经验和感悟。

如果执着地相信唯一，在苦苦寻找之后一无所获，或得而复失，懊恼不已，你就拿到了一本储蓄痛苦的零存整取存单，随时都有些进账可以添到收入一栏里记载了。当它积攒到一笔相当大的数目时，在某个枯寂的晚上，一股脑儿提出来，或许可以置你于死地。

即使选择非常幸运地与唯一靠得很近，也不可放任自流，唯一不是终生的平安保险单，而是需要养护、需要滋润、需要施肥、需要精心呵护的鲜活生物，没有比婚姻这种小动物更需要营养和清洁的维生素了。就像没有永远的敌人一样，也没有永远的爱人。爱人每一天都随新的太阳一同升起，越是情调丰富的爱情，越是易馊，好比鲜美的肉汤如果不天天烧开，便很快滋生杂菌以致腐败。

不要相信唯一，世上没有唯一的行当，只要勤劳敬业，有千千万万的职业适宜我们经营；世上没有唯一的恩人，只要善待他人，就有温暖的手在危难时接应；世上没有唯一的机遇，只要做好准备，希望就会顽强地闪光；世上没有唯一只能成为你的妻子或丈夫的人，只要有自知之明，找到适宜你的类型，天长日久真诚相爱，就会体验相伴的幸福。

女友讲完了，沉思袅袅地笼罩着我们。

我说，你的很多话让我茅塞顿开，但是……

但是……什么呢？直说好了，女友是个爽快人。

我说，是否因为工作和爱人都不是你的唯一，所以你才这般决绝？不管你怎么说，我依然相信世界上存在唯一，这种概率，如同玉石，并不能因为我们自己不曾拥有，就否认它的宝贵。

女友笑了，说，这种概率若是稀少到近乎零的地步，我们何必抓住苦苦不放？世上有多少婚姻的苦难，是因追求缥缈的唯一而发生的啊！对我们普通的男人和女人来说，抵制唯一，也许是通往快乐的小径。

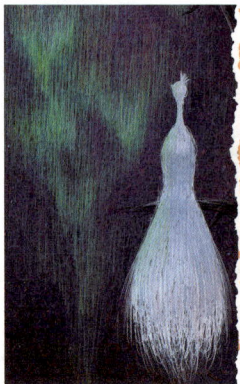

<br>

32.

# 全职主夫

毕淑敏文集

　　早上，告别伊利诺伊州的小镇，出发到芝加哥去。行程的安排是——我和安妮先乘坐当地志愿者的车，一个半小时之后到达罗克福德车站，然后从那里再乘坐大巴，直抵芝加哥。

　　早起收拾行囊，在岳拉娜老奶奶家吃了早饭，安坐着等待车夫到来，私下揣摩：今天我们将有幸与谁同行？

　　几天前，从罗克福德车站到小镇来的时候，是一对中年夫妇接站。丈夫叫鲍比，妻子叫玛丽安。他们的车很普通，牌子我叫不出来，估计也就相当于国内的"夏利"那个档次。车里不整洁也不豪华，但还舒适。我这样说，一点儿也没有鄙薄他们的财力或热情的意思，只是觉得有一种平淡的家常。

丈夫开车，车外是大片的玉米地。玛丽安面容疲惫但很健谈，干燥的红头发飘拂在她的唇边，为她的话增加了几分焦灼感。我说："看你很操劳辛苦的样子，还到车站迎接我们，非常感谢。"

玛丽安说："疲劳感来自我的母亲患老年性痴呆十四年，前不久去世了。都是我服侍她的，我是一名家庭主妇。我知道陪伴一名老人走过她最后的道路，是多么艰难的过程。母亲去世了，我一下子不知道干什么好了。照料母亲成了我生命的一部分。现在，我干什么呢？虽然我有家庭，鲍比对我很好……"

说到这里，开车的鲍比听到点了他的名，就扭过头，很默契地笑笑。

玛丽安说："孩子也很好，可这些都填补不了母亲去世后留下的黑洞。我的这一段经历，我不想让它轻易流失。你猜，我选择了怎样的方式悼念母亲？"

我说："你要为母亲写一本书吗？"

这的确是我能想出的悼念母亲的较好方法了。

玛丽安说："不是每个人都有能力写书的。"

我说："那么，你想出的方法是什么？"

玛丽安说："我想出的办法是竞选议员。"

我的眼珠瞪圆了。当议员？这可比写书难多了，不由得对身边的玛丽安刮目相看。议员是谁都当得了的？这位普通的美国妇女，消瘦疲倦，眼圈发黑，看不出有什么叱咤风云的本领，居然就像讨论晚餐的豌豆放不放胡椒粉那样，淡淡地提出了自己的议员之梦。

玛丽安沉浸在对自我远景的设计中，并未顾及我的惊讶。她说："我要向大家呼吁，给我们的老年人更多的爱和财政拨款。服侍老人不但是子女的义务，而且是全社会的代价高昂的工作。这不但是爱老年人，也是爱我们每一个人。我到处游说……"

我忍不住插嘴："结果怎么样？你有可能当选吗？"

玛丽安一下羞涩起来，说："我从没有竞选的经验，准备也很不充分。当然，财力也不充裕。所以，这第一次很可能要失败了。但是，我不会气馁的。我会不懈地争取下去，也许你下次来的时候，我已经是州议员了。"

玛丽安说到这里，鲍比就把汽车的喇叭按响了。宽广的道路上没有一个人，也没有任何险情。喇叭声声，代表鲍比的喉咙，为妻子助威。

我对玛丽安生出了深深的敬佩。怎么看她都不像一个能执掌政治的女人，但是谁又能预料她献身政治后的政绩，不是辉煌和显赫呢？因为她的动机是那样单纯和坚定！

有了来时和这位"预备役议员"的谈话，我就对去时与谁同车，抱有了强烈的期待。

车夫来了。一个很高大而帅气的男子，名叫约翰。一见面，约翰连说了两句话，让我觉得行程不会枯燥。

第一句话是："出远门的人，走得慌忙，往往容易落下东西。我帮你们装箱子，你们再好好检查一下，不要遗漏了宝贝。"

在他的提醒下，我迅速检点了一番自己的行囊。乖乖，照相机就落在了客厅的沙发上。在整个美国的行程中，我仅这一次丢了东西，还被细心的约翰挽救了回来。

约翰的第二句话是："你的箱子颜色很漂亮。它不是美国的产品，好像是意大利的。"

我惊奇了。惊奇的是一个大男子汉，居然在记忆中储存着女士箱子的色彩和款式的资料，并把产地信手拈来。

我说："谢谢你的夸奖。你对箱子很了解啊。能知道你是做什么工作的吗？"

我猜想，他可能是百货公司的采购员。

约翰把车发动起来，他的车非常干净清爽。他一边开车一边回答："我的工作嘛，是足球教练。"

我自作聪明地说："赛球的时候走南闯北的，所以你就对箱子有研究了。"

约翰笑起来说："我这个足球教练，只教我的三个孩子。我有三个男孩，他们可爱极了。"

他说着，竟然情不自禁地减速，然后从贴身的皮夹里掏出一张照片，转手递给我们。三个如竹笋一般修长挺拔的孩子踩着足球，笑容像新鲜柠檬一样灿烂。

约翰说："我的工作，就是照顾我的三个孩子。我接送他们上学，为他们做饭，带他们游玩和锻炼。我的邻居看到我把自己的孩子带得这样好，就把他们的孩子也送到我这儿训练，我就多少挣一点儿小钱。但绝大多数时间，我是挣不到一分钱的。因为我不好意思领工资。我是全职的家庭主夫啊。"

我赶快把自己的脸转向窗外。因为我无法确保自己的五官不因巨大的愕然而错位。

令我惊奇的不仅是这样一个正当壮年的健康男子，居然天天在家从事育子和家务劳动，更重要的是他在讲这些话的时候，那种安然的坦率和溢于言表的幸福感。我从来没有见过一个男子说到自己的职业是——家庭主夫时，如此的心平气和。不对。不准确。不是心平气和，是意气风发。

我变得小心翼翼起来。我怕我不合时宜的语调，出卖了我的惊讶。我说："你的妻子是做什么的？"

约翰说："法官。她是法官。在我们这一带非常有名气的法官。"

我说："那你这样……没有工作，对不起，我的意思是在家里……工作……她心理平衡吗？"

约翰很有几分不解地说："平衡？她为什么不平衡呢？这是一种多么好的组合！她那么喜欢她的孩子，可是她要工作，把孩子交给谁来照料呢？当然是我了，她才最放心。"

话说到这个份儿上，我顾虑再追问下去是否有些不敬，但我实在太想知道答案了，只好冒着得罪人的危险说："要是您不介意，我还想问问，您心理平衡吗？"

约翰说："我？当然，平衡。我那么爱我的孩子，能够整天和我的孩子在一起，我是求之不得的。世上不是每个男人都有这样的福气。他们不一定能娶到我夫人这样能干的女子，我娶到了。这是我天大的运气啊。"

交流到这个程度，我心中的问号基本上被拉直，变成惊叹号了。我只有彻头彻尾地相信，世界上有一种非常快乐的家庭主夫生活着，绽放着令世界着迷的笑脸。

到了车站，我和安妮把所有的行李搬了下来，和约翰友好地招手告别。安妮突然一声惊叫："天哪，我的手提电脑……哪里去了？"

约翰不慌不忙地说："别急。很可能是落在岳拉娜老奶奶家了，待我问问她。"

约翰拨打手提电话，果然，电脑是在岳家。

怎么办呢？那一瞬，很静。听得见枫树摇晃树叶的声音。从车站到我们曾经居住的小镇，一来一回要三小时，约翰刚才还说，他要赶回去给孩子们做饭呢！

我们看着约翰，约翰看着我们，气氛一时有些微妙和尴尬。临行之前，他三番五次地叮嘱我们，现在不幸被他言中……

约翰是很有资格埋怨我们的，哪怕是一个不悦的眼神。或者出于不得不顾及的礼节，他可以帮助我们，但他有权利表达他的为难和遗憾。

但是，没有。他此刻的表情，我真的无法确切形容，原谅我用一个不恰当但能表达我当时感觉的词——他是那样的"贤妻良母"。真正的温和温暖的笑容，耐心而和善。好像一个长者刚对小孩子说过：你小心一点儿，别摔倒了。那孩子就来了一个嘴啃泥。他的第一个反应不是埋怨和指责，而是本能地微笑着，看到他的膝盖出了血，就帮助包扎。他很轻松地说："不要紧。出门在外的人，这样的事情常常发生。你们不要着急，我这就赶回小镇。照料完我的孩子们的午饭，就到岳拉娜家取电脑，然后立即返回这里。等着我吧。在这段时间里，你们可以看看美丽的枫树。只有伊利诺伊的枫树，是这样冷不防地就由黄色变成红色的了，非常俏皮。离开了这里，你就看不到如此美丽的枫树了。"

约翰说着，挥挥手，开着车走了。我和安妮坐在秋天的阳光下，看着公路上，约翰的车子变成一只小小甲虫，消失在远方。我们什么也不说，等待着他亲切的笑容在秋阳下重新出现。

# 33

# 对女机器人提问

毕
淑
敏
文
集

　　在某届博展会上，展出了科学家新近制造出的女机器人。形象仿真、容貌美丽，并具有智慧（当然是人们事先教给她的），可以用柔和的嗓音，回答观众提出的各种问题。

　　在女机器人的耳朵里，装有可把观众所提问题记录下来的仪器。展览结束之后，经过统计，科学家惊奇地发现，男人所提的问题和女性大不同。

　　男人们问的最多的是——你会洗衣服吗？你会做饭吗？你会打扫房间吗？

　　女人们问的多是——你是怎样被制造出来的？你的目光能看多远？你的手有多大劲儿呢？

　　看到这则报告之后，我很有几分伤感。一个女人，即使是一个女机器人，也无法逃脱家务的桎桔。在人类的传统中，女性同家务紧密相连。一个家，是不可能躲开家务的。所以，讨论家务劳动，也就成了重要的话题。

家务活儿灰色而沉闷。这不仅表现在它的重复与烦琐，比如刷碗和拖地，日复一日年复一年味同嚼蜡，更因为它的缺乏创造性。你不可能把瓷盘刷出一个窟窿，也不能把水泥地拖出某种图案。凡是缺乏变化的工作，都令人枯燥难挨。

更糟糕的是，家务活动在人们的统计中，是一个黑洞。如果你活跃在办公室，你的劳动就进入了人们的视野，被重视和尊敬。但是你用同样的时间在做家务，你好像就是在休息和消遣，一片空白，什么也不曾留下。在我们的职业分类中，是没有"家庭主妇"这一栏的。倘若一个女性专职相夫教子，问她的孩子："你妈妈在家干什么呢？"他多半回答："我妈妈什么都不干，她就是在家待着。"丈夫回家，发现了某种疏漏，就会很不客气地说："我在外面忙得要死，你整天在家闲着，怎么连这么点儿小事都干不好呢！"

在人们的意识中，家务劳动是被故意忽视或者干脆就是被藐视的。它张开无言的长满黑齿的巨嘴，把一代代女人的青春年华吞噬，吐出的是厌倦和苍老。

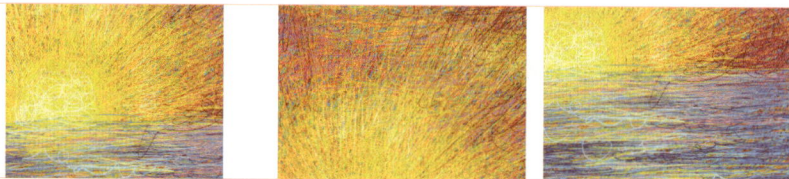

于是，很多女人在这样的幽闭之下，发展出病态的洁癖。她们把房间打扫得水晶般洁净，不允许任何人扰乱这种静态的美丽。谁打破了她一手酿造的秩序，她就仇恨谁。她们把自己的家变成了雅致僵死的悬棺，即使是孩子和亲人，也不敢在这样的环境中伸展腰肢畅快呼吸。她们被家务劳动异化成一架机器，刻板地运转着，变成了无生气的殉葬品。

在外工作的女人们更处于两难境地。除了和男性一样承担着工作的艰辛以外，更有一份特别的家务，在每个疲惫的傍晚，顽强地等待着她们酸涩的手指。如果一个家不整洁，人们一定会笑话女主人欠勤勉，却全然不顾及她是否已为本职工作殚精竭虑。更奇怪的是，基本没有人责怪该家的男人未曾搞好后勤，所有的账独独算在女人头上。瞧，世界就是如此有失公允。

记得听过一句民谚——男人世上走，带着女人两只手。我觉得不公道。某人的个人卫生，当然应该由他自己负责，干吗要把担子卸到别人头上？为什么一个男人肮脏邋遢，人们要指责他背后的女人？如果一个女人衣冠不整，为什么就没人笑话她的丈夫？在提倡自由平等的今天，家务劳动方面，却是倾斜的天平。

更有一则洗衣粉的广告，令人不舒服。画面上一个焦虑的女人，抖着一件男衬衫说："我的那一位啊，最追求完美。要是衣领袖口有污渍，他会不高兴的……"愁苦中，飞来了××洗衣粉，于是，女人得了救兵，紧锁的眉头变了欢颜。结尾部分是洁白挺括的衬衫，套在男人身上，那男人微笑了，于是，皆大欢喜。

我很纳闷，那位西装笔挺的丈夫，为什么不自己洗衬衣呢？自己的事情自己做，这难道不是我们从幼儿园就该养成的美德吗？怎么长大了成家了，反倒成了让人服侍的贵人？我的本意不是说夫妻之间要分得那么清，连谁的衣服谁洗也要泾渭分明，但基本的权利和义务还是要有个说法。自己的衣服妻子帮着洗了，首要的是感激和温情，哪儿能因为自己把衣服穿得太脏洗不净，反倒埋怨劳动者？是否有点儿吹毛求疵？再者，你做不做完美主义者可以商榷，但不能把这个标准横加在别人头上，闹得人家帮了你，反倒受指责，这简直就是恩将仇报了。

近年来，在已婚女性当中，流行一种"蜂后症候群"。意思是，一个女人，既要负起繁育后代的责任，又要杰出而强大，成为整个蜂群的领导者，驰骋在天空。如果做不到，内心就会遗下深深的自责。

女性解放自己，首先要使自己活得轻松快乐。现代社会的发展使人们有越来越多的时间回到家庭，与亲人独处。一个家舒适与否，很大程度上取决于家务劳动的质量和数量。作为这一工作的主要从业人员，妇女应该得到更大的尊重和理解。男性也需伸出自己有力的臂膀，分担家务，把自己的家园建设得更美好温馨。

# 34

# 婚姻鞋

毕淑敏文集

婚姻是一双鞋，先有了脚，然后才有了鞋。幼小的时候光着脚在地上走，感受沙的温热、草的润凉，那种无拘无束的洒脱与快乐，一生中会将我们从梦中反复唤醒。

走的路远了，便有了跋涉的痛苦。在炎热的沙漠被炙得像鸵鸟一般奔跑，在深陷的沼泽被水蛭蜇出肿痛……

人生是一条无涯的路，于是，人们创造了鞋。

穿鞋是为了赶路，但路上的千难万险，有时尚不如鞋中的一粒沙石令人感到难言的苦痛。鞋，就成了文明人类祖祖辈辈流传的话题。

鞋可由各式各样的原料制成。最简陋的是一片新鲜的芭蕉叶，最昂贵的是仙女留给灰姑娘的那只水晶鞋。

不论什么鞋，最重要的是合脚；不论什么样的姻缘，最美妙的是和谐。

切莫只贪图鞋的华贵，而委屈了自己的脚。别人看到的是鞋，自己感受到的是脚。脚比鞋重要，这是一条真理，许许多多的人却常常忘记。

我做过许多年医生，常给年轻的女孩子包脚，锋利的鞋帮将她们的脚踝砍得鲜血淋漓。缠上雪白的纱布，套好光洁的丝袜，她们袅袅地走了。但我知道，当翩翩起舞之时，也许有人会冷不防地抽搐嘴角，那是因为她的鞋。

看到过祖母的鞋，没有看到过祖母的脚。她从不让我们看她的脚，好像那是一件秽物。脚驮着我们站立行走。脚是无辜的，脚是功臣。丑恶的是那鞋，那是一副刑具，一套铸造畸形、残害天性的模型。

每当我看到包办而蒙昧的婚姻，就想到祖母的三寸金莲。

幼时我有一双美丽的红皮鞋，但我很讨厌穿它，就像鞋窝里潜伏着一只夹脚趾的虫。每当我不愿穿红皮鞋时，大人们总把手伸进去胡乱一探，然后说："多么好的鞋，快穿上吧！"为了不穿这双鞋，我进行了一个孩子所能爆发的最激烈反抗。我始终不明白：一双鞋好不好，为什么不是穿鞋的人具有最后的决定权？！

同样，旁人不要说三道四，假如你没有经历过那种婚姻。

滑冰要穿冰鞋，雪地要着雪靴，下雨要有雨鞋，旅游要有旅游鞋。大千世界，有无数种可供我们挑选的鞋，脚却只有一双。朋友，你可要慎重！

少时参加运动会，临赛的前一天，老师突然给我提来一双橘红色的带钉跑鞋，祝愿我在田径比赛中如虎添翼。我脱下平日训练的白网球鞋，穿上像橘皮一样柔软的跑鞋，心中的自信突然溜掉了。鞋钉将跑道扎出一溜齿痕，我觉得自己的脚被人换成了蹄子。我说我不穿跑鞋，所有的人都说我太傻。发令枪响了，我穿着跑鞋跑完全程。当我习惯性地挺起前胸去撞冲刺线的时候，那根线早已像绶带似的悬挂在别人的胸前。

橘红色的跑鞋无罪，该负责任的是那些劝说我

的人。世上有很多很好的鞋，但要看适不适合你的脚。在这里，所有的经验之谈都无济于事，你只需在半夜时分，倾听你自己脚的感觉。

看到好几位赤着脚参加世界田径大赛的南非女子的风采，我报以会心一笑：没有鞋也一样能破世界纪录！脚会长，鞋却不变，于是鞋与脚，就成为一对永恒的矛盾。鞋与脚的力量，究竟谁的更大一些？我想是脚。只见有磨穿了的鞋，没有磨薄了的脚。鞋要束缚脚的时候，脚趾就把鞋面挑开一个洞，到外面凉快去。

脚终有不长的时候，那就是我们开始成熟的年龄。认真地选择一种适合自己的鞋吧！一只脚是男人，一只脚是女人，鞋把他们联结为相似而又绝不相同的一双。从此，世人在人生的旅途上，看到的就不再是脚印，而是鞋印了。

削足适履是一种愚人的残酷；郑人买履是一种智者的迂腐；步履维艰时，鞋与脚要精诚团结；平步青云时，切不要将鞋儿抛弃……

当然，脚比鞋贵重。当鞋确实伤害了脚，我们不妨赤脚赶路！

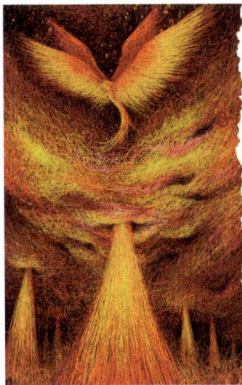

# 35

# 结婚约等于

世界上的事情，有些是不好比的，比如，一颗星球和一片树叶，孰重孰轻？

当然是星球重了。但那颗星球远远地在天上飘着，和我们没有什么关系。一片树叶袅袅地坠下来，却惹得一位悲秋的女子写下千古绝唱。孰轻孰重？

但人们仍然喜爱比较，古时流传"不比不知道，一比吓一跳""人比人得死，货比货得扔"等诸多话语，说明"比"的重要性。如今科学加盟，更是创出了许多先进的指标，使"比"这件事，空前的科学和精确起来。

看到过一张社会再适应评定量表。

那表的左端，将我们生活中可能遭遇的变化，列成长长的一排。从亲人死亡、夫妻不和、离婚

退休、违法破产、搬家坐牢，一直到睡眠习惯的改变，和亲家翁吵架这样的事件，都做成明细的账表，共计有数十种之多。

表的右侧，列出各相应事件的生活变化单位，简言之，就是一个事件对生活影响的严重程度。据说，这个表是根据五千多人的病史分析和实验室所获资料得来，可以对某个人因为生活变化而造成的适应程度，做出数量估计。

当生活变化单位超过一百五十时，百分之八十的人感到严重不适、抑郁或心脏病发作。

这段话说起来十分拗口，其实就是把我们在生活中经常遭遇到的事，跟小学生的算术卷子似的，每题各打一个分，说明它对我们身心的影响。把最近碰上的事的分叠加起来，就得到了一个总分，大致表明它们对我们生存境况的影响。不过，这个分可不像高考的分越高越好，而是患病的危险性同分数成正比。

居生活事件严重程度前三项的是：

配偶的死亡：得分一百。
离婚：得分七十三。
夫妻分居：得分六十五。

可见，在纷繁的世界上，家庭和亲人对我们至关重要。爱护家庭，就是爱护我们自己的生命。

金钱对身心的影响，远没有想象中那般明显。少于一万元的抵押和贷款，居于严重等级的第三十七级台阶上，分值仅仅为十七，只相当于过一次半圣诞节。

各种节日也被列入影响生活的事件，比如圣诞节，它的分值是十二。刚开始很有些不得要领，过节是快乐的事情，怎么反成了坏事？静下心来想想，也有道理。在每一个盛大的节日后，都有许多人疲倦和病痛。假如是身在远方的游子，每逢佳节倍思亲，潸然泪下，忧郁足以致病了。

与上司的矛盾，分值是二十三，只相当于一次半睡眠习惯的改变（睡眠习惯的改变分值为十六）。

这表是洋人制定的，不大符合我们的国情。他们在职业上来去比较自由，与老板闹僵了也不是什么了不起的事，对自己的情绪影响不大。若是中国的统计数字，和领导翻了脸，对目前的形势和以后的出路都会投下巨大的阴影，这一点儿分值肯定是不够用的，起码需高上一倍。

表上所列大多是消极事件，就是我们常说的坏事，但也有积极事件。比如，制定者们将杰出的个人成就这一辉煌事件的影响值，定为二十八分，相当于儿女离家（二十九分）和姻亲纠纷（二十九分）。

我们这个民族信奉的是"人逢喜事精神爽"，高兴还来不及呢，哪里还会因此有病？

反过来一想，中医素有"大喜伤心"与"乐极生悲"之说，大约也是这个道理。比如，《儒林外史》中的范进中举，不知算不算具备了"杰出的个人成就"，但鬼迷心窍，一时疯傻，须他的岳丈一巴掌打在脸上才苏醒过来，却是千真万确的。

结婚这一栏的分值是五十。

约等于一个半知心好友的死亡（好友死亡为三十七分）。

约等于一次搬迁（二十分）加上一次转学（二十分）再加上一次轻微的违法行为（十一分）的总和。约等于个人受伤或害病（这一项为五十三分）。

超过了被解雇（四十七分）和退休（四十五分）。

结婚这件大喜事，竟有这样高的不良影响分值，世间许许多多的女子，可能也同我一样出乎意料，对人生的这一重要转折估计不足。

这张表当然也不是权威，但它毕竟从另一个角度向我们发出异样的警报。

结婚给女人带来了巨大的变化，从女儿变成媳妇，从恋人变成妻子，从自由身进入了特定的角色。

中国有句古话，叫作"凡事预则立，不预则废"，这张表就相当于我们生活的预报表。它是客观而严峻的。

过多沉迷于玫瑰色想象，对幸福不切实际的甜蜜憧憬，会削弱承受艰难的耐力。婚姻并不仅仅是快乐，是节日，是两情相悦，是生死与共，它还是考验，是煎熬，是一种对熟悉生活的破坏和一种崭新模式的建立，是包含了智慧、勇气、人格、意志的双方重新组合。就像进入一块陌生的大陆，所有事情都有可能发生，我们对此必须有清醒的认识和足够的心理准备。

结婚约等于一次必将穿越风暴的航行。当新船驶离港口的时候，两个水手要将自己的身心调整到最光明、最昂扬的状态，镇静地眺望远方，携手向前。

# 36

# 晚饭后，谁来洗碗

毕淑敏
文集

古时的民谚和今时的营养学家都教诲我们"晚吃少"，但对于忙碌的普通人来说，晚饭总是一天中最隆重的家庭盛宴。

于是，有了"晚饭后，谁来洗碗"的问题。

如果奢华到可以去饭馆里吃，自然是服务员来洗。如果雇了保姆或小时工，就是打工者洗。如果家中有任劳任怨的前辈，就是老人来洗。如果要锻炼娇生惯养的子女，就是孩子来洗……当然还有种种的特殊情况，都不在本文范围。这里讨论的对象，特指夫妻双双上班、收入平平、买不起洗碗机的工薪族，也就是说，将它局限在最普通的饮食男女之间。

洗碗之所以是一个问题，因为每一个家庭不可以须臾离开它。听过一对新婚夫妇大打出手的传闻，起因就是谁都不愿意洗碗，便每顿饭启用新碗。好在是新人，亲朋志喜的礼物里有大量碗盆。然而坐吃山空，当最后一个碗也干涸了汤汁之后，男方指责女方不尽妇道，女方说："碗又不是我一个人消耗的，凭什么非要我来洗？"争论的结果是从文斗变成武斗，所有的碗摔碎之后，分道扬镳。

这个故事也许极端了一些，但月光下，没有因为晚饭后洗碗问题有过龃龉的家庭，大约不多。

认识一位男劳模的妻子，负担了绝大多数的家务，真是高风亮节，但是她拒绝洗碗。客人到她家，看到窗明几净，唯有厨房里堆积着成山的脏碗。大家说："你既然把别的事都做了，何苦和这几个碗过不去呢？一捋袖子几分钟不就干完了吗？"女人说："我什么都干了，他单刷个碗还不应该吗？要是连碗都不洗，这个家还有个公平没有呢？"

家庭内部，洗碗有象征意义。它不单是一个体力劳动的问题，还具有某种价值法则。

晚饭后，谁洗碗？我不是权威的统计部门，采取的是很局限、很笨拙的口头调查。问了十个家庭，结果有八位主妇扬眉吐气地告诉我："晚饭后，丈夫在洗碗！"

我相信这个数据的部分可靠性。很多男子汉不无自豪神色地谈到自己"气管炎"的时候，最充分的一个论据是——我们家的碗都是我洗的！

洗碗于是成了中国城市男人值得夸耀的家务政绩，成了中国女人"翻身得解放"的铁案。

沾满油污的碗，真就承载了那么强大的心理价值吗？

许多年前的大家庭，洗碗也许是很繁重的劳动，要到井旁打水，要用碱去油污，打碎了碗要受到长辈的斥责……但在如今的城市里，工序已被大大简化。水是自来水，油腻由"洗洁灵"对付，抹布由"百洁丝"代替……一个三口之家的锅碗瓢盆，假如是手脚比较利索的人勤勉操作，一定可以在十分钟内结束战斗。

洗碗只是诸多家务劳动中的一项，虽然比较烦琐。它现在被女人得意地提到如此高的地位，或者说是被男人有意贬到一个下贱的地位，是否为了掩盖一个最基本的事实——家庭中谁负担了更多的劳动？

例如，晚饭是谁做的呢？只要不是让家人吃方便面，一顿初具规模的晚饭，从自由市场的采买，到热气腾腾地端上餐桌，必定比洗碗要耗费数倍的时间与体力。在我上述调查的十个家庭中，都是女人做饭。我们甚至可以说，洗碗的男人绝大多数是不做饭的。因为不做饭，他的愧疚、补偿、感激、将功折罪，就表现为洗碗的行动。

洗碗在家庭中的惩罚意味是不言而喻的。

"因为你没做饭，所以你得洗碗。"女人说。

因为男人洗了碗，洗碗又是一种卑下的劳动，所以男女找到了一个对等的支点，于是心理平衡。

但劳动没有高低贵贱之分，洗碗和做饭的劳动量和它们的技术含量并不相等。人为地将某一种劳动打上耻辱或者高尚的印记，给予劳动本身一种原本不属于它的附加值，有意无意中为一个深藏不露的目的服务——用较少的劳动与较多的劳动平衡。这种平衡不单是体力时间，而且是心理、道义、舆论。换句话说，是用一种虚幻空洞的口头价值，弥补劳动上实实在在的赤字。

　　洗碗的男人自我夸耀，几乎成了一种社会习尚。也许是善意吧，但我以为，本质上是洗碗者不自觉的自我辩护，是为了使自己心安理得特制的盾牌。

　　男人和女人同样奔波，同样辛苦。回到家里，共同承担家务，这其中很难分清谁应该干得更多一些。但洗碗与做饭就像散步与疾跑，它们的劳动量显然是不相等的。一定要说它们相等，或者用种种调侃和误导，让它们之间的天平指针保持平衡，假如不是糊涂，就有些像瞒天过海的小商贩，成心要缺斤短两。

　　晚饭后洗碗的那个人，是很辛苦的。无论是男人还是女人。

　　但洗碗只是所有家务劳动当中的一部分，一只碗无法抵挡烦琐、细致、辛苦的其他劳动。夸大一点不及其余，便弥漫着别有用心的味道了。

# 37

# 路远不胜金

有一天，我先生对我说，以前结婚的时候，也没送过你什么礼物。现在我补送你一个金戒指吧。

我说，心意领了。但金器我是不要的。

先生笑了，说你肯定是舍不得钱。其实买金很合算，戴在手上，是件装饰品，除了好看，本身的价值也还在。不喜欢这个样式了，还可以打成新的样子。你为什么不喜欢？

我说，我算的是另一笔账啊。

他很感兴趣，让我说个明白。

我说，我是一个劳动妇女，戴了金，干起活来就不方便了。俗话说，远路无轻载。

先生就笑了，说，你以为我会给你买一个多么沉重的金镏子？想得美。我们只能买个金戒指，不过几克重。

我说，你听我说。我每天伏在桌前，不辨晨昏地写作。在电脑上敲出一个字，最少要击键两次。就算这个戒指五克重吧，手起手落，一个字就要多耗十克的重量。天长日久地下来，就不是一个小数目。假设我要写一部百万字的长篇小说，这小小的戒指就化作十吨的金坨，缀在手指的关节上，该是多么大的负担！要做的事情太多，路远不胜金。

先生说，要不我们买一条金项链，你写作的时候脖子总是不动的。

我说，我不喜欢项链的形状，它是锁链的一种。我崇尚简洁和自由，觉得美的极致就是自然。再说，我多年前就被X光判了颈椎增生，实在不忍再给沉重如铅的脖子增加负担。

先生叹了口气说，作为一个女人，你浑身上下没有一克金，真的不遗憾?

我说，我有许多遗憾的事情，比如文章写得不漂亮，做饭的手艺不精良，一坐车就头晕，永远也织不出一件合身的毛衣……但对金子这件事不遗憾。

先生说，你这是反潮流。

我说，不是反潮流，实在是无所谓。金是什么? 不就是地球上的一种不算太少也不算太多的金属吗? 有了这种金属就象征你高贵，没有这种金属就注定卑贱吗？这颗星球上还有很多种稀有金属，比如铂，比如铑，比如能造原子弹的铀和镭……都比金昂贵得多。我们不可能把所有的金属都披挂在身，金属除了它在工业上的用途，并不代表更多的含意。如果你喜欢，你就佩戴好了，就像乡下的女孩在春天里，把一枝野花簪在发梢。如果你因了种种的缘故，没有一克金，那也没有什么可怯懦的，依然可以挺直腰杆，快快乐乐地生活。

作为一个女人，如果我们拥有天空和海洋，如果我们拥有知识和事业，如果我们拥有自信和尊严，如果我们拥有亲人对我们和我们对亲人的挚爱，我们的生命就很完满。

拥有已太多，无金又何妨！

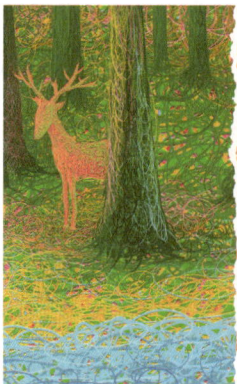

# 38

# 婚姻的四棱柱

毕淑敏

文集〈〉

　　人们谈论婚姻的频率，就像谈论坏天气。女人们凑到一处，更是"三句话不离本行"，家是女人永远的职业。若是在公园里看到掩面哭泣的女人，十有八九是为了爱情。

　　婚姻的第一种开端模式：莫逆之交。

　　天下婚姻万千，开端总是几种模式。好像你要是得了感冒，起因脱不了受凉或传染。要是患了痢疾，便一定是病从口入了。婚姻的第一种开端模式，是莫逆之交。何为莫逆？字典上写的是："彼此情投意合，非常要好。"顾名思义，"莫"是"没有"的意思，"逆"是"方向相反"的意思。莫逆之交是一个否定之否定，表示高度的协调与一致。

　　有人说："要是夫妻两个人几十年都没有一点儿分歧，是不是太乏味、太枯燥？好像对着镜子中的自己，如影随形一辈子，会不会无聊至极？"这种揣测，乍一听很是有理。争吵好像家庭的味精，矛盾仿佛黏合剂，很长一段时间内，我也赞同这个观点。后来一次出差，遇到一对老夫妇，他们温存而默契的眷恋，深深感动了我。与那些无时无刻不想显示幸福的年轻夫妇不同，他们宁静谦和，彼此一个手势、一声叹息，对方都心领神会……他们的和谐，像一串老檀香木珠，隐隐地但是持久地散发着温馨的香气，让每一个看到这情景的人，心中叹息。

　　我说："你们银婚金婚的，就真没红过脸吗？那是不是太没意思了？"

　　老翁说："我们有产生分歧的时候，但是不会吵架。人可以同自己争吵，但不可以同一个如此深爱自己的人反目。我们都有使对方冷静的能力。吵架不会使人感到生活有趣，只会使人痛恨生活。生活的美好来自和谐与温暖。"

　　我又对老媪说："你们一辈子不吵架，别人都不信呢。"

　　老媪微笑着说："别说你们不信，就是我们自己也不信。当初我们结婚的时候，并没想到一生不吵架。但这么多年过去了，我们真的无架可吵。有一天，我对老伴说：'咱们吵一架吧，尝尝吵架的滋味。'他积极响应说：'好啊，开始吧。'于是我说：'你先吵吧。'他谦让说：'还是你先吵吧。'我们互相看着，谦让了半天，结果还是没吵成。想起来，好懊丧啊。"

我说："哈！你们的经验是什么呢？让大家都学习一下多好。"

老翁慢吞吞地说："这可能是学不来的。我们平时都不同别人说我们不吵架的事，那会惹人笑话，好像这么大岁数了还在说谎。因为天下夫妻几乎都吵架，大家都不相信世上有不吵架的夫妻。我们很幸福，可幸福不是展品，我不想让所有的人都传颂这件事。我只能告诉你，也许我们是一个例外，但莫逆之交的夫妻，一生从不吵架的夫妻，绝对存在。我们可以没见过钻石，但我们不能否认，世上有这种硬度极高的宝贝，在旷野中闪烁。"

第二种婚姻的开端模式，是患难之交。它好像最具戏剧性，古时的公子落难，小姐搭救；才女风尘，名士救援……惊险与曲折，自是不必说了。到了现代，就演变成或战斗负伤，或打成"右派"，或上山下乡，或远走他乡，或病体难支，或飞来横祸……总之是一方遭遇大悲惨、大厄运，辗转于苦痛之中；另一方肝胆相照，鼎力相助，挽狂澜于既倒。于是爱的萌芽，在这恶劣苦旱的土壤中滋生，掀开巨石，迎着风暴，绽开了绿的叶和红的花。

依我以前的印象，觉得这种开端的婚姻是极稳固、极难得的。你想啊，大风大浪都闯过来了，在风和日丽的日子，岂不要收获加倍的幸福？没想到，许多惨痛的婚变，就蜷缩在这只涂满沧桑的旧匣子里。究其原因，在于事件起始部分的不平等。婚姻这件事，最要紧的是脸对脸、心靠心。

若有一方居高临下，就会埋伏畸变的导火索。当事人可能不自觉，但危险的种子已经种下。大难当头的时候，人的正义感、怜悯心都会异乎寻常地发达起来，拔刀相助与见义勇为，仁爱之心与乐善好施，甚至母性与女儿性，大丈夫"我不下地狱谁下地狱"的豪情，都油然而生，像五颜六色的调味酒，依次倾入堆积冰块的苦难之杯。于是，略带

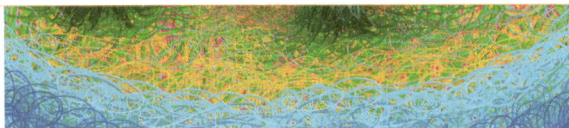

苦味却荧光四射的命运鸡尾酒，在艰窘之中，由位置较好的一方绚丽地调配成功，递了过来。那另一方，在孤独苦寂中，将自我的感激误认为爱情，起初出于理智婉拒，最终抗拒不了凄凉与冷漠，依了人的本能，欣然接受，也是情理之中的事。双方痛饮混合了各种复杂成分的婚姻酒，醉一个酪酊，那些世界上最动人的山盟海誓，往往发生在此时。然岁月更迭，逆境不可能永远存在，当外界的压力解除，爱情脱尽附加的藩篱，以本真的面目凸现的时候，潜伏的阴影就膨胀了。一旦双方地位、学识、教养、门第……的卵石，在激流消退后的平滩上裸露出来，无情的舆论又像烈日，将石头晒得炙手可热，婚姻的危机就笼罩头顶了。

　　况且，婚姻不是账本，旧话重提没有用，一方永远地施与，另一方总是赤字，心理就会失去平衡。有些恩情，也如仇恨一般，太深重了，便无法报答，有时简直想一逃了事。不平等的婚姻，当跷跷板上位置低下的一方腾然升起的时候，双方能否寻找到新的支点，是婚姻是否能继续的要素。患难是泥沙俱下的荒地，在那里寻到的爱情，绝非纯金精钢，还需顺境霹雳火的锤炼。

　　所以，患难之交不但不保险，很可能还是饱含危机的婚姻。只要看古今中外多少愁云惨淡的故事，都产生于这类土壤，就可知它的曲折艰险。
并非要人在难中不谈爱情，我只是想说，苦难不是
婚姻的保单。假如你是跷跷板位置较高的一方，请
做好位置颠覆后的准备。假如你是位置较低的一
方，请扪心自问："天翻地覆之后，我能否忠诚依
然？！"假如回答都是："不。"不妨在患难中，
对爱情三思而后行。

　　第三种婚姻的开端模式是一见钟情。

　　与其说它属于社会学心理学范畴，我更愿意相
信它在生理学中的地位。原本素不相识的男女，在
毫无先兆的一见之下，迸出激烈的火花，从此如醉
如痴，天地为之动容；朝思暮想，百计千方，不成
眷属，终日寝食不安。有的学者，对这种婚姻模式
给予高度的评价，认为它是人类本性的爆发，无功
利杂质掺入，纯真契合，地久天长。我想，在那男
女一见的瞬间，一定发生了一种我们目前的科学还
不能完全解释的生理变化，大量的神秘物质分泌入
血；年轻的机体，从瞳孔到心灵，都感到极大的愉
悦。这种物质以高度的愉悦，牵引着我们，操纵着
我们，使我们不假思索地按照它凌驾一切的指令，
决定了终身的伴侣。对这种"惊鸿只一瞥，爱到
死方休"的神秘过程，我不敢妄加揣测。私下里猜
它的来源一定非常古老，是人类延续种族繁荣昌盛

的钥匙之一。想那雌雄的相投，必无长远的卿卿我我，常常是电光石火的一瞬，成就了好事。一定有存在于基因的密令，操纵着冥冥中的结合。我想探究的是，作为高度发达创造了语言交流的人类，是否须对"一见定乾坤"的传统重新审视？那毕竟是一种非常状态，犹如飓风，无法天长地久地陪伴我们。不知道在哪一天黎明，激情悄然离去，连个招呼也不打，剩下冷却到常温的男女，相对无言。失却了神秘物质的激励和保护，以它为先导的婚姻，是否也将随风飘逝？婚姻不是"一见"，是一世相守的千见万见亿见。钟情是否是永不疲劳的金属，始终保持着最初的弹性？一见钟情的质量，不在开头，而在结尾。它可有终身的保修期？

现在要说四棱柱的最后一面了——萍水相逢。

　　这词一听，便让人生出凄凉漂泊之感。当人们谈论婚姻的双方，原是"萍水相逢"时，多的是无奈与宿命，还有些许的调侃，好像一只得来容易的旧履，不值得珍惜。

　　我们太轻慢了萍水啊。何谓萍？那是一种随波荡漾的低等植物，淡淡绿绿，草芥一般，任何一抹风都可以将它捋了去，抛向远方，颇似普通人的命运。两朵浮萍，没有背景，没有根，被不知何处来的气流推着，无目的地漫游，怎的就撞到了一起？俗话说："相逢是缘，相守是分。"为什么遭遇的是这一朵浮萍，而不是那一株水草？为什么碰撞在这一块水域，而不在那一方波涛？偶然的萍水相逢里头，是否藏着一个天大的必然的缘分？萍与萍之间，还有一个最大的优势，那就是平等。水平水平，天下没有比水更平坦的东西了。生在水里的植物，该是最懂得这道理的。纵使不懂，水以天然的流动也教会你懂。平等是一切婚姻的柱石，它不是一种有形的资产，却是长治久安的地平线。在平等的伞下缔结的爱情，少的是不着边际的浪漫，多的是同在一片蓝天下的理智。它们依傍于水，浮沉于水。雨打浮萍的时候，须同舟共济；水涨船高的时候，须宠辱不惊。需要磨合，需要考验，一个平淡的开端，未必不预示着一段肝胆相照的历史，象征着一个美满妥帖的结局。

　　萍水相逢和一见钟情，真是有些像呢，都是素昧平生，都是相约到老。千万不要把两者搞混啊。在开端的时候，它们像一对孪生姐妹，但女大十八变，渐渐地就有些质的分野了，一个是在瞬间爆炸，一个是徐徐地加温。婚姻的本质更像一种生长缓慢的植物，需要不断灌溉，加施肥料，修枝理叶，打杀害虫，才有持久的绿荫。

　　在婚姻的入口处，立着这根四棱的柱子，每一面雕刻着不同的花纹，指示着不同的道路。每一个经过的男人、女人，都按照自己的意愿，选择了一个入口。家庭就像单向的铁路，是没有回程票的。我们在婚姻的列车上，铿锵向前。在生命的终点站，有几多夫妇，手牵着手，从容出站？

# 39

# 梅花催

毕淑敏
文集
〈〉

很多人以为爱是虚无缥缈的感情，以为爱在我们的日常生活中发生的频率十分低，以为只有空虚的、细腻的、多愁善感的人才会在淋淋秋雨的晚上和薄雾袅袅的清晨，品着茶、吹着箫，玩味什么是爱，以为爱的降临必有异兆，在山水秀美之地或风花雪月之时，锅碗瓢盆、刀枪剑戟必定与爱不相关。

还有很多人以为自己不会爱，是缺乏技巧，以为爱是如烹调书和美容术一样，可以列出甲乙丙丁分类传授的手艺，以为只要记住在某种场合施爱的程序和技巧，比如何时献花、何时牵手，自己在爱的修行上就会有一个本质性的转变和决定性的提高。风行的各类男人女人、少男少女的杂志上，不时地刊登各种爱的小窍门、小把戏，以供相信这一

理论的读者牛刀小试。至于尝试的结果，从未见过正式的统计资料，也无人控告这些有经验的传授者有欺诈倾向。想来读者多是善意和宽容的，试了不灵，不怪方子，只怪自家不够勤勉。所以，各种秘方层出不穷，成为诸如此类刊物长盛不衰的不二法门。这也从另一个侧面说明，多少人求爱无门，再接再厉，屡败屡试。

爱有没有方法呢？我想，肯定是有的。爱的方法重要不重要呢？我想，一定是重要的。但在爱当中，最重要的不是方法，而是你对于爱的理解和观念。

你郑重地爱，严肃地爱，欢快地爱，思索地爱，轻松地爱，真诚地爱，朴素地爱，永恒地爱，忠诚地爱，坚定地爱，勇敢地爱，机智地爱，沉稳地爱……你就会派生出无数爱的能力、爱的法宝、爱的方法、爱的经验。

爱是一棵大树。方法，是附着在枝干上的蓓蕾。

某年春节，我到江南去看梅花。走了很远的路，爬了许久的山，看到了无边无际的梅树，只是，没有梅花。

天气比往年要冷一些，在通常梅花怒放的日子，枝上只有饱满的花骨朵儿。怎么办呢？只有打道回府了。主人看我失望的样子，突然说，我有一个办法，可以让梅花瞬时开放。

我说，真的吗？你是谁？武则天吗？就算你真的是，如果梅花也学了牡丹，宁死不开，你又怎样呢？

主人笑笑说，用了我这办法，梅花是不能抵挡的。你就等着看它开放吧！

她说着，从枝上折了几朵各色蓓蕾（那时还没有现在这般的环保意识，摘花，罪过），放在手心，用热气暖着哈着，轻轻地揉搓……

奇迹真的在她的掌心缓缓地出现了。每一朵蓓蕾，好似被魔掌点击，竟在严寒中一瓣瓣地绽开，如同少女睡眼一般绽出了如丝的花蕊，舒展着身姿，在风中盛开了。

主人把花递到我手里，说，好好欣赏吧。我边看边惊讶地说，如果有一只巨掌，从空中将这梅林整体温和揉搓，顷刻间就会有花海涌动了啊！

主人说，用这法子可以让花像真的一样开放，但是——

她的"但是"还没有讲完，我已知那后面的转折是什么了。如此短暂的工夫，在我手中蓬开的花朵，就已经合拢、枯萎，那绝美的花姿如电光石火一般，飘然逝去。

怎么谢得这么快？我大惊失色。

因为这些花没有了枝干。没有枝干的花，绝不长久。主人说。

回到正题吧。单纯的爱的技术，就如同那没有枝干的蓓蕾，也许可以在强行的热力和人为的抚弄下开出细碎的小花，但它注定是短命和脆弱的。

我们珍视爱，是看重它的永恒和坚守。对于稍纵即逝的爱，我们只有叹息。

爱在什么时候，都会需要技术的。而且这些技术，会随着历史的进程，发展得更完善和周到。同时，我们无论在什么时候都更看重那技术之下的，深埋在雄厚土壤中的爱的须根。

如果你需要长久的、致密的、坚固的、稳定的爱，你就播种吧，你就学习吧，你就磨炼吧，你就锲而不舍地坚持求索吧，爱必将降临在每一个真诚地寻找它的眸子里。

## 40.
# 柳枝骨折

文集 〈 毕淑敏 〉

　　学医时，教授拿一根柳枝进教室。嫩绿的枝条上，萌着鹅黄的叶，好似凤眼初醒的样子。严谨的先生啪地折断了柳枝，断茬儿锐利，只留青皮褴褛地连缀着，溅出一堂苦苦的气息。教授说，今天我们讲人体的"柳枝骨折"。说的是此刻骨虽断，却还和整体有着千丝万缕的联系。医生的职责，就是把断骨接起来，需要格外的冷静、格外的耐心……

　　多年后，偶到大兴安岭。苍茫林海中，老猎人告诉我，如果迷了路，就去找柳树。

　　我问，为什么？他说，春天柳树最先绿，秋天它最后黄。有柳树的地方必有活水，水往山外流，你跟着它，就会找到家。

　　一位女友向我哭诉她的不幸，说，家该纯洁，家该祥和。眼前这一切都濒临崩塌，她想快刀斩乱麻，可孩子还小……

我知她家并非恩断义绝，就讲起了柳枝骨折。植物都可凭着生命的本能愈合惨痛的伤口，我们也可更顽强更细致地尝试修补破损的家。

女友迟疑地说，现代的东西，不破都要扔，连筷子都变成一次性的……何况当初海誓山盟、如今千疮百孔的家！

我说，家是活的，会得病也会康复。既然高超的仪器会失灵，凌空的火箭会爆炸，精密的计算机会染病毒，蔚蓝的天空会发生厄尔尼诺，婚姻当然也可骨折。

一对男女走入婚姻的时候，就是共同种下了一棵柳树，期待绿荫如盖。他们携手造了一件独一无二的产品——他们的家，需承诺为其保修，期限是整整一生。

柳树生虫。当家遭遇危机的时候，修补是比丢弃更烦琐艰巨的工程。有多少痛苦中的人嫌烦了，索性扔下断了的柳枝，另筑新巢。这当然也是一种选择，如同伤臂截肢。但如果这家中还有孩子，那就如同缕缕连缀的青色柳丝，还须三思而后行！

女友听了，半信半疑道，缝缝补补修复的家还能牢靠吗？

　　我说，当年的课堂上，我们也曾问过教授，柳枝骨折长好后，当再次遭受重大压力和撞击的时候，会不会在原位裂开，鲜血横流？

　　教授微笑着回答，樵夫上山砍柴，都知道斧刃最难劈入的树瘤，恰是当年树木折断后愈合的地方。

# 41

# 青虫之爱

毕
淑
敏
文
集
（
二
）

　　我有一位闺中好友，从小怕虫子。不论什么品种的虫子，她都怕。披着蓑衣般茸毛的洋辣子，不害羞地裸体的吊死鬼，她一视同仁地怕。甚至连雨后的蚯蚓，她也怕。放学的时候，如果恰好刚停了小雨，她就会闭了眼睛，让我牵着她的手，慢慢地在黑镜似的柏油路上走。我说，迈大步！她就乖乖地跨出很远，几乎成了体操动作上的"劈叉"，以成功地躲避正蜿蜒于马路的软体动物。在这一瞬间，我可以感受到她的手指如青蛙腿般弹跳，不但冰凉，还有密集的颤抖。

　　大家不止一次地想法治她这毛病，那么大的人了，看到一条小小毛虫，哭天抢地的，多丢人哪！早春，男生把飘落的杨花坠儿偷偷地夹在她的书页里。待她走进教室，我们都屏气等着那心惊肉跳的一喊，不料什么声响也未曾听到，她翻开书，眼皮一翻，身子一软，就悄无声息地瘫到桌子底下了。

从此再不敢锻炼她。许多年过去，各自都成了家，有了孩子。一天，她到我家中做客，我下厨，她在一旁帮忙。我摘青椒的时候，突然从蒂旁钻出一条青虫，胖如蚕豆，背上还长着簇簇黑刺，好一条险恶的虫子。因为事出意外，怕那虫蜇人，我下意识地将半个柿子椒像着了火的手榴弹一样扔出老远。

待柿子椒停止了滚动，我用杀虫剂将那虫子杀死，才想起酷怕虫的女友，心想刚才她一直目不转睛地和我聊着天，这虫子一定是入了她的眼，未曾听到她惊呼，该不是吓得晕厥过去了吧？回头寻她，只见她神态自若地看着我，淡淡地说，一条小虫，何必如此慌张。

我比刚才看到虫子还愕然地说，啊，你居然不怕虫子了？吃了什么抗过敏药？

女友苦笑说，怕还是怕啊，只是我已经能练得面不改色，一般人绝看不出破绽。刚开始的时候，我就盯着一条蚯蚓看，因为我知道它是益虫，感情上接受起来比较顺畅。再说，蚯蚓是绝对不会咬人的，安全性较高……这样慢慢举一反三，现在我无论看到有毛没毛的虫子，都可以把惊恐压制在喉咙里。

我说，为了一条小虫子，下这么大的功夫，真有你的，值得吗？

女友很认真地说，值得啊。你知道我为什么怕虫子吗？

我撇撇嘴说，我又不是你妈，我怎么会知道啊！

女友拍着我的手说，你可算说到点子上了，怕虫就是和我妈有关。我小的时候是不怕虫子的。有一次妈妈听得我在外面哭，急忙跑出去一看，我的手背又红又肿，旁边一条大花毛虫正在缓慢爬走。我妈知道我让虫蜇了，赶紧往我手上抹牙膏，那是老百姓止痒解毒的土法。以后，她只要看到我的身旁有虫子，就大喊大叫地吓唬我……一来二去的，我就成了条件反射，看到虫子，灵魂出窍。

后来如何好的呢？我追问。

依我的医学知识，知道这是将一个刺激反复强化，最后，女友就成了巴甫洛夫教授的案例，每一次看到虫子，就回到童年时代的大恐惧中。世上有形形色色的恐惧症，有的人怕高，有的人怕某种颜色。我曾见过一位女士，怕极了飞机起飞的瞬间，不到万不得已，她是绝不搭乘飞机的。一次实在躲不过，上了飞机，系好安全带后，她骇得脸色刷白，飞机开始滑动，她竟号啕痛哭起来……中国古时的"一朝被蛇咬，十年怕井绳"说的就是这回事。只不过杯弓蛇影的起因，有的人记得，有的人已遗忘在潜意识的晦暗中。在普通人看来是微不足道的小事，对当事人来说是痛苦煎熬，治疗起来十分困难。

女友说，后来有人要给我治，说是用"逐步脱敏"的办法。比如，先让我看虫子的画片，然后再隔着玻璃观察虫子，最后直接注视虫子……

原来你是这样被治好的啊！我恍然大悟道。

嘿！我根本就没用这个法子。我可受不了，别说是看虫子的画片了，有一次到饭店吃饭，上了一罐精致的补品。我一揭开盖儿，看到那漂浮的虫草，当时就把盛汤的小罐摔到地上了……朋友抚着胸口，心有余悸地讲着。

我狐疑地看了看自家的垃圾筒，虫尸横陈，难道刚才女友是别人的胆子附体，才如此泰然自若？

我说，别卖关子了，快告诉我，你是怎样重塑了金身。

女友说，别着急啊，听我慢慢说。有一天，我抱着女儿上公园，那时她刚刚会讲话。我们在林荫路上走着，突然她说，妈妈……头上……有……她说着，把一缕东西从我的发上摘下，托在手里，邀功般地给我看。

我定睛一看，魂飞天外，一条五彩斑斓的虫

子，在女儿的小手内，显得狰狞万分。

我第一个反应是像以往一样昏倒，但是我倒不下去，因为我抱着我的孩子。如果我倒了，就会摔坏她，我不但不曾昏过去，而且神志是从没有过的清醒。

第二个反应是想撕肝裂胆地大叫一声。因为你胆子大，对于惊叫在恐惧时的益处可能体会不深。其实能叫出来极好，可以释放高度的紧张。但我立即想到，万万叫不得。我一喊，就会吓坏了我的孩子。于是我硬是把涌到舌尖的惊叫咽了下去，我猜那时我的脖子一定像吃了鸡蛋的蛇一样，鼓起了一个大包。

现在，一条虫子近在咫尺。我的女儿用手指抚摸着它，好像那是一块冷冷的斑斓宝石。我的脑海迅速地搅动着。如果我害怕，把虫子丢在地上，女儿一定从此种下虫子可怕的印象。在她的眼中，妈妈是无所不能、无所畏惧的，如果有什么东西把妈妈吓成了这个样子，那这东西一定是极其可怕的。

我读过一些有关的书籍，知道当年我的妈妈正是用这个办法让我一生对虫子这种幼小的物体骇之入骨。虽然当我长大之后，从理论上知道小小的虫子只要没有毒素，实在不值得大惊小怪，但我的身体不服从我的意志。我的妈妈一方面保护了我，一方面用一种不恰当的方式把一种新的恐惧注入我的心里。如果我大叫大喊，那么这根恐惧的链条就会遗传下去。不行，我要用我的爱将这链条砸断。

我颤巍巍地伸出手，长大之后第一次把一条活的虫子捏在手心，翻过来掉过去地观赏着那虫子，还假装很开心地咧着嘴，因为——女儿正在目不转睛地看着我呢！虫子的体温，比我的手指要高得多，它的皮肤有鳞片，鳞片中有湿润的滑液一丝丝渗出，头顶的茸毛在向不同的方向摆动着，比针尖还小的眼珠机警、怯懦……

女友说着，我在一旁听得毛骨悚然。只有一个对虫子高度敏感的人，才会有如此令人震惊的描述。

　　女友继续说，那一刻，真比百年还难熬。女儿清澈无瑕的目光笼罩着我，在她面前，我是一个神。我不能有丝毫的退缩，我不能把我病态的恐惧传给她……不知过了多久，我把虫子轻轻地放在了地上。我对女儿说，这是虫子。虫子没什么可怕的。有的虫子有毒，你别用手去摸。不过，大多数虫子是可以摸的……这条虫子，就在地上慢慢地爬远了。女儿还对它扬扬小手，说："拜……"我抱起女儿，半天都没有走动一步。衣服早已被黏黏的汗浸湿了。

　　女友说完，好久好久，厨房里寂静无声。

　　我说，原来你的药，是你的女儿给你的啊。

　　女友纠正道，我的药，是我给我自己的，那就是对女儿的爱。

# 42

# 梅勒妮的卵子

文集〉

毕淑敏

　　据媒体报道，加拿大一个7岁的女孩弗拉维患有一种罕见的先天性基因疾病脱纳氏综合征，这种由染色体缺失引发的疾病会破坏患者的卵子生成。为帮助女儿将来生儿育女，38岁的母亲梅勒妮捐出自己的21个卵子保存在液体氮气中，以供将来和女儿弗拉维丈夫的精子结合，通过人工授精孕育出孩子。7月3日，在法国里昂举行的欧洲生殖与胚胎学会年会上，加拿大维多利亚皇家医院麦克吉尔生殖中心公布了首例母亲为女儿捐赠卵子的医疗细节。

　　这项计划自曝光以来，一直产生激烈的伦理争议。当天的会上，生殖伦理组织的一名成员认为，梅勒妮没有充分考虑将来出生的婴儿面临的伦理困境。因为就生物学意义而言，弗拉维生下的婴儿将是她"同母异父"的弟弟或妹妹，而梅勒妮虽是婴儿的外婆，但还是事实上的母亲。

梅勒妮表示："我只是在尽可能地帮助我的孩子，给她任何所需要的东西，如果需要我捐出一个肾，我也将毫不犹豫。因为年纪的原因，我不得不现在捐献卵子。我将把孩子看作自己的外孙，弗拉维会照料孩子，将是孩子真正的母亲。"她同时表示，弗拉维将决定是否采用这些卵子，"我只是给她提供一个选择，如果她愿意，她可以采用别人的卵子"。

我可以理解梅勒妮的选择。她因为自己的女儿罹患脱纳氏综合征而满怀内疚，她要尽自己的力量帮助女儿，甚至不惜把自己的卵子冷冻起来，以备将来女儿如果需要做母亲的时候，多一个选择。她甚至说出了"如果需要我捐出一个肾，我也将毫不犹豫"这样的话，让人们为母爱的执拗而感叹。

但是，一个卵子和一个肾毕竟有着本质的不同。从梅勒妮的口气里看，好像一个肾比一个卵子更重要，可能是因为捐献出一个肾，身体所受的损伤远比捐献卵子要大得多。但从生命伦理学的角度上来说，卵子和肾的意义是不同的。肾脏是无知无觉的，但卵子关乎构建另外一个生命的开端。那个生命将成为有独立人格的个体，他会追问"我从哪里来"这样的终极问题。不知道梅勒妮是否想到，既然她的亲生女儿会罹患这种先天性的染色体疾病，那么她本人的卵子并不一定是完全健康的。退一万步讲，即使是完全正常的，弗拉维接受了这个卵子并成功孕育，弗拉维将如何面对这样一个同母异父的"孩子兼弟（妹）"？即使弗拉维可以面对这个事实，她将来的丈夫是否可以接受这样一个婴孩？纵然他们都可以过关，那么这个孩子长大得知真相之后，是否可以安然维持内心的平衡？

　　未知数太多了。医学固然可以在技术层面把一个卵子保存几十年，但我相信，无论是梅勒妮还是参与这一活动的医生们，都无法清楚地回答以后的问题。在关乎生命伦理的问题上，如果你没有想清楚，请不要贸然进入危险的领域，因为这绝不仅仅是技术的问题，它已经进入了造物主的范畴。

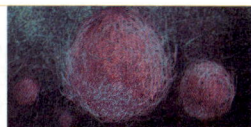

　　对于参与这一操作的医生们，很想问他们一个问题：假如有一对富有的夫妇，出了足够的金钱，要求把他们的精子和卵子分别冷冻起来，100年后再交配生出一个婴孩，所有的抚养费富翁家事先都储备好了，并指定了基金会负责。试问，有人愿意接受这项工作吗？

　　我想，一定有医生跃跃欲试。100年，这将挑战所有现代医术的极限啊！

　　但是，人类社会会接受这个愿望吗？对于一门深入生命过程以内的科学，医生们应该格外冷静和慎重。

　　尽一切努力把自己的基因遗传下去，是动物的本能。这就使我虽然能够理解梅勒妮和医生们的想法，但仍认为这是一种更高形式的自私。付出比较小的代价，得到自己的内心安宁，却全然不顾这个事件将对他人发生的未知影响，这就是对整个人类社会的不负责任。

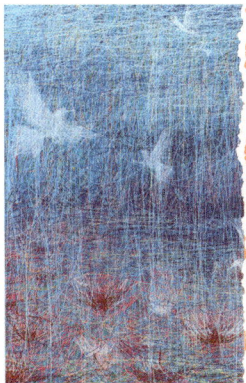

# 43

# 写"福"字的女孩

文集
毕淑敏

　　春节前的北方集市，热闹得像蜂巢。熙熙攘攘，喧喧嚣嚣，过年的气氛像扑面而来的海浪，把赶集的你浇个透湿。

　　走到干果市，一堆堆的南瓜子、西瓜子、葵花子，散发着撩人的香气。摊主揪着你的衣袖，非要你尝一把才走。你不买他的瓜子，他不生气。你若是不肯尝尝他的货色，他就很委屈地嘟囔着说："咋啦？嫌我的瓜子不新鲜吗？新出锅的，吃一颗香你一个跟头！"

　　你进了炮仗市，空气中弥漫着火药库的味道。红的二踢脚，绿的震天雷，一串串红辣椒似的挂鞭，看着就让你耳边鼓起枪战般的激烈音响。那金箍棒一样粗的"小钢炮"，长长的炮捻儿温顺地

垂在一侧，好像一个穿红袄的嘎小子笑嘻嘻地看着你，你不由自主地绕着它走。走得远了，你又忍不住回过头去再看它两眼……

　　菜市有些萧条。绿色的菜叶被冷风飕得泛出褐黄，或翠得可疑，反射出晶莹的闪光——那是被冻透了。你叹了口气往前来，菜老板说："真有心买吗？筐里有好的呀，摆在外面的是样品，原装的水灵着呢！"说着从捂着棉絮的箱里掏出一个西红柿，电光石火地朝你一闪，又掖了回去。

　　那半个西红柿的笑脸，灿烂无比。

　　你买了菜，又慢慢地向前走。来到了一处较为宽敞的场地。空地上摆了几张桌子，红纸铺台，几位先生挥毫泼墨，正在写对联。四周聚着拿钱求字的人们，人头攒动，却很安静。

这该叫个什么"市"呢？书法市吗？你好奇地站住了。

你发现了她，一个小小的女孩，提着几乎和她胳膊一般长的毛笔，也在为人写字。你不禁为她发愁，这么小的人，就算字写得好，能编出主顾满意的吉祥话吗？

看了一会儿。你笑了。担心真是多余的，她只写一个字——一个大大的酣畅淋漓的"福"字。

按说她的字写得并不是很好，但求她写字的人很多。她有一绝，笔下的"福"字竟是倒着写的。

"福"倒了——"福"到了！这是中国农民世世代代的愿望啊！

她面前有一沓裁好的红纸斗方。两个小瓶，一个装着金粉，一个装着银粉。还有一个巨型砚台，半截墨块。真是个孩子啊，桌上还散乱地扔着几片侧柏叶，一片晶晶烁烁的天然云母。

有主顾来了，她就很老到地问："您是要金福还是银福还是墨福？"

主顾问了价码，做了选择，她就按要求施工。要金银福字的，她就把金银粉用调料稀释了，然后笔走龙蛇，一个倒"福"字一笔呵成，博得一片喝彩。

有的主顾掂量了半天说："我还是要个墨福

吧，便宜。"

小姑娘就不再说话，用嘴哈哈砚台里稀薄的冰晶，开始磨墨，还不时地把柏叶和云母丢进去，弄得砚池里泥泞不堪。

墨福写好了，等到收钱的时候，主顾说："少要点儿吧。你的墨是自己磨的，你看那边，用的是'一得阁'的香墨汁。"

小姑娘揉着红彤彤的手指说："我的墨汁里加了树叶，您闻闻是不是有松树味？还加了云母，在太阳底下，福字里能透出金星呢！"

主顾就把红斗方对着太阳看，周围的人也凑上去。墨字在太阳下显出苍翠的金属色泽，主顾就按数放下钱。

一位老奶奶走过来说："闺女，给我写个……小点儿的……"

女孩指着纸说："奶奶，纸都是在家就裁好了的，没小的啊。"

老人扁着嘴说："我就不信你那纸就没个边边角角碎料？做衣服的还有个布头贱卖呢！闺女，再找找吧……"

围着的人说话了："过年贴福字，有钱就贴，没钱就拉倒。这个福字可没有打折的啊！"

在人们的哄笑声中，老奶奶悄悄地离去。她低着白发苍苍的头说："我只要一个小小的福……"

女孩默不作声，挥毫饱蘸金粉，龙飞凤舞写下一个金色的倒"福"字，追上老奶奶，说："我送您一个大大的'福'……"

你站在北方晴朗而寒冷的天穹下，看着老人双手捧着金色的福字，消失在茫茫的人群中。

又有清新的松柏气味飘荡在你身后，写"福"字的女孩正在撕云母，传来极轻微的破碎声。

## 图书在版编目（CIP）数据

温柔就是能够对抗世间所有的坚硬 / 毕淑敏著. —长沙：湖南文艺出版社，2017.12
ISBN 978-7-5404-8325-8

Ⅰ. ①温… Ⅱ. ①毕… Ⅲ. ①散文集 – 中国 – 当代 Ⅳ. ①I267

中国版本图书馆CIP数据核字（2017）第247974号

©中南博集天卷文化传媒有限公司。本书版权受法律保护。未经权利人许可，任何人不得以任何方式使用本书包括正文、插图、封面、版式等任何部分内容，违者将受到法律制裁。

上架建议：名家经典｜散文

WENROU JIU SHI NENGGOU DUIKANG SHIJIAN SUOYOU DE JIANYING
温柔就是能够对抗世间所有的坚硬

作　　者：毕淑敏
出 版 人：曾赛丰
责任编辑：薛　健　刘诗哲
监　　制：蔡明菲　邢越超
特约策划：董晓磊
特约编辑：尹　晶
营销编辑：李　群　张锦涵　姚长杰
封面插图：王云飞
内文插图：王云飞
版式设计：李　洁
封面设计：壹诺设计
出版发行：湖南文艺出版社
　　　　　（长沙市雨花区东二环一段508号　邮编：410014）
网　　址：www.hnwy.net
印　　刷：天津联城印刷有限公司
经　　销：新华书店
开　　本：880mm×1270mm　1/32
字　　数：180千字
印　　张：8
版　　次：2017年12月第1版
印　　次：2019年1月第2次印刷
书　　号：ISBN 978-7-5404-8325-8
定　　价：39.80元

质量监督电话：010-59096394
团购电话：010-59320018